AF220785

Abenteuerlust ist das, was mich ausmacht,
wenn ich Orte begegne, die mir zeigen:
Wir leben im Paradies.
(Gaby Bergbauer)

Gaby Bergbauer

Unstillbare Abenteuerlust

Bibliografische Information der Deutschen Nationalbibliothek:
Die Deutsche Nationalbibliothek verzeichnet diese Publikation in der Deutschen
Nationalbibliografie; detaillierte bibliografische Daten sind im Internet über
http://dnb.dnb.de abrufbar.

Fotograph: **Marie Michelle, Vermond**
Cover Portrait: **Tina LeCous, Vermond &**
                Mike Trombly, Vermond

Herstellung und Verlag: BoD – Books on Demand, Norderstedt

ISBN: 978-3-7528-9781-4

Inhalt

Zu neuen Ufern

Rosi saß wie so oft, im Eiscafé La Piazza in Zehlendorf, in der Nähe wo sie wohnte und trank ihren geliebten Cappucchino. Selten leistete sie sich eine Eisschale. Sie achtete auf ihre Figur, obwohl das nicht nötig war. Sie war eine hübsche schlanke Frau, wenn auch ein bisschen in die Jahre gekommen. Das sah man ihr nicht an. In dieses Eiscafé kehrt sie gerne ein, wenn sie von einer ihrer vielen Reisen nach Hause kommt. Bei der Bedienung ist sie bekannt. Gerne hört sie ihren Erzählungen zu, wenn es die Zeit erlaubt.

Bis mich wieder der Hafer sticht und ich zu neuen Ufern muss.

Viele Blicke zog sie auf sich, auch in ihrem Alter von 63 Jahren.

Rosi ist Rentnerin und genießt die stressfreie Zeit. Sie kann es sich leisten, braucht nicht auf den Cent achten. Das große Juweliergeschäft läuft gut. Nach ihrem Ausscheiden, hat es ihr Sohn übernommen. Ihre Tochter wurde großzügig ausbezahlt. Auch das Erbe ihres Mannes teilte Rosi unter den beiden Kindern auf. Rosi möchte Reisen und so einiges nachholen. Das ist genau das, was sich ihr verstorbener Mann für sie gewünscht hat.

Sie wartete auf Robert, mit ihm war sie verabredet. Rosi schaute auf die Uhr. Schon wieder zu spät, dachte sie und schmunzelte. Sie wusste, ihm war das sicher wieder peinlich.

Das Beamte sich nicht an Termine halten, wundert mich schon. Ich muss ihn fragen, ob er auch als Bauamtsleiter so schluderig war. Normalerweise sagt man das uns Frauen nach, dass wir angeblich immer zu spät kommen.

Zehlendorf

Rosi liebte ihr Zehlendorf, wo sie schon seit Jahrzehnten wohnte. Der Bezirk hat so vieles, was sie begeistert. Den Schlachtensee, oder die Krumme Lanke. Der Wald, Stille und Gemütlichkeit. Für Rosi hat Zehlendorf eine enorm hohe Lebensqualität. In der Luft kann man besser atmen, als im übrigen Berlin. Alle Geschäfte sind in unmittelbarer Nähe. Das alles sind Gründe, sich hier richtig wohl zu fühlen. Man ist schnell in der City. Rosi kommt gedanklich ins Schwärmen:

Ich mag den Mexikoplatz, das ist ein schöner Platz, der noch erhalten ist, weil er im Krieg nicht beschädigt wurde. Seine Architektur gefällt mir. Die kleinen Geschäfte haben es mir angetan. Man trifft nette Menschen und gute Ärzte. Ich sitze gerne auf einer Bank am Mexikoplatz und bin restlos glücklich. Für mich einer der schönsten Plätze Berlins.

Der Bahnhof mit seinem imposanten Springbrunnen. Zu Festlichkeiten wechseln sich die Farben des Wassers. Er ist einfach eine Augenweide.

Wie viele Jahre kehrte sie schon in das Eiscafé La Piazza ein? Rosi vermochte es nicht zu sagen. Es hat einen Touch von den Familienrestaurants, die sie aus den Vereinigten Staaten kennt. Das sieht man an den Tischen und der Bestuhlung. Nur sind in den USA auf beiden Seiten Bänke. Man sitzt dort urgemütlich.

»Hallo schöne Frau, ist neben Ihnen noch ein Platz frei?«, fragte Robert.

»Ach der Herr Bauamtsleiter. Ja hier ist noch ein Stuhl frei.«

»Ehemaliger Bauamtsleiter«, meinte Robert. Er begrüßte sie mit einem Küsschen auf die Wange. Sie fanden vor ca. drei Jahren zusammen. Beide haben getrennte Wohnungen. Er liebt seine Wohnung nahe dem Grunewald an dem Hundekehlesee. Die Wohnung im Wildpfad war eine kleine Villenge- gend. Robert liebte die Grunewaldseenkette. Berlin ist bekannt für seine Seen. Diese Gegend gehörte westlich zum Bezirk Charlottenburg-Wilmersdorf. Er braucht diese grüne Lunge, wie die Berliner den Grunewald liebevoll nennen. Rosi dagegen will ihr

Zehlendorf nicht verlassen. So beschlossen sie, ihre Wohnungen zu behalten. Es versteht sich von selbst, dass eine der beiden Wohnungen meistens verweist ist.

Sie schaute ihn an und er wusste, ihren Blick zu deuten:

»Ich bitte vielmals um Entschuldigung für mein spätes Erscheinen. Ein Telefonat mit meinem Sohn Michael dauerte etwas länger.«

»Oh wieder diese alten Kamellen?«

Robert bestellte sich einen Eiskaffee.

»Ja meine liebe Rosi, er muss endlich begreifen, dass ich ihm keine Baugenehmigung mehr erteilen kann und auch nicht mehr diese engen Verbindungen besitze.«

»Haben deine Kinder sich daran gewöhnt, dass du öfters das Haus verlässt?«

»Das müssen sie, Lydia ist seit sechs Jahren Tod. Sie hätte es nicht gewollt, dass ich mich in einem Bunker einschließe. Am liebsten wäre es ihr, sie hätte noch zu Lebzeiten eine Frau für mich suchen können.« Robert schmunzelte.

„Ehrlicherweise muss ich sagen, meine Söhne freuen sich, wenn ich glücklich bin."

»Bei mir läuft es manchmal nicht so gut, besonders meine Tochter Karin hat Angst, ich könnte zu viel von ihrem Erbe ausgeben. Gut, dass Manuel seiner Schwester öfters den Kopf wäscht. Rainer und ich haben unseren Kindern weiß Gott, eine gute Ausbildung zukommen lassen. Aus dem Erbe von Rainer bekamen beide auch eine beachtliche Summe. Ich habe Spaß daran, ihnen zu erklären, dass ich, nach einer Trauerzeit von 2 ½ Jahren, mein Leben nach dem Tod von Rainer genießen werde, was ich auch tue. Rainer ist vor 7 Jahren gegangen. Er hätte, wie deine Frau auch nichts anderes gewollt. Rainer kannte mich auch nur flippig und ich liebte schon immer fröhliche Menschen um mich herum und meine geliebten Reisen. Nur waren sie nicht so, wie ich es mir wünschte.

Manuel bekräftigt mich bei meinen Unternehmungen. Meine Kinder konnten ihrem Berufswunsch nachgehen. Wir haben sie immer gefördert. Karin ist Bibliothekarin mit eigener Buchhandlung geworden. Sie verdient sehr gut. Manuel hat als Juwelier mein Geschäft übernommen und ist sehr Erfolgreich.

»Kannst du mich als Oma vorstellen, die nur für ihre Enkel da ist und Socken strickt?«

Robert lachte lauthals.

»Nein meine Liebe, das kann ich mir bei dir ganz gewiss nicht vorstellen. Was ich mir eher vorstellen könnte, dass du deinen Kindern zu agil bist. Es ist schön, dass wir uns vor fast 3 Jahren getroffen haben.« Liebevoll schaute er Rosi an.

»Das war eine Arbeit, dich von deinen beschaulichen Reisen abzuhalten. Man muss etwas erleben. Neue Welten kennenlernen. Etwas unternehmen, was sonst wenige Leute erleben. Vor allem tut man es, solange es die Gesundheit erlaubt. Ich kenne einige Leute, die gesundheitlich kaum etwas auf die Beine stellen können. Was ein furchtbar langweiliges Leben. Ganz schrecklich finde ich diese Clubreisen, wo den Menschen vorgebetet wird, was sie in ihrem Urlaub zu tun haben. Gruselig, einfach gruselig. Ich möchte auf meinen Reisen, Land und Leute kennenlernen.«

»Ja Rosi, du hast mich regelrecht mitgerissen, das gebe ich zu.«

„Ich finde es spannend, fremde Kulturen kennen-zulernen. Wie leben andere Völker, was denken sie?«

Rosis Reisevorbereitung

J etzt meine Liebe, sehe ich ein glitzern in deinen Augen. Wo soll es dieses Mal hingehen?«

»Du kennst mich zu genau, Robert. Ich habe schon etwas ins Auge gefasst. Was hältst du davon, wenn wir nach Toronto fliegen. Wir haben Spätsommer, dann fahren wir an der Küste vom Lake Ontario entlang zu den Niagarafällen. Das sind 131 km, also nicht so weit. Hättest du Lust?«

»Aha es soll hoch hinaus gehen. Wie könnte ich mit einer schönen Frau an meiner Seite keine Lust haben?«

»Robert, das klingt zweideutig«, erwiderte sie und lächelte, Robert schmunzelte.

»Dann fahren wir auf jeden Fall auf den CN Tower. Ich hörte, er ist atemberaubend hoch. Oben hat er einen Fensterboden. Das stelle ich mir sehr interessant vor, von dort oben hinunterzuschauen. Das interessiert mich schon von Berufswegen. So ganz lässt der Beruf einem nicht los. Das geht dir als ehemalige Schmuckdesignerin sicher ebenso.«

»Oh ja, manchmal sehe ich allerdings wirklich grausige Stücke, die die Leute als hochwertigen Schmuck anpreisen. Das sehe ich 10 Meilen gegen den Wind, das dem nicht so ist.«

Rosi holte aus ihrer Tasche Prospekte heraus. Robert kann sich ein Schmunzeln nicht verkneifen. Sie las ihm vor:

In der südlichen Innenstadt Torontos ist ein 553 Meter hoher Fernsehturm und Wahrzeichen der Stadt. Er war von 1975 bis 2009 der höchste Fernsehturm der Welt. Gleichzeitig war er von 1975 bis 2007, als der Burj Khalifa in Dubai eine Höhe von 555,30 Metern erreichte, das höchste freistehende und nicht abgespannte Bauwerk der Erde.

Kannst du dir vorstellen, dass der Burj Khalifa in Dubai eine End-Höhe von 828 Meter hat? Das ist unglaublich.

Aufgrund der nachlassenden Nachfrage in Dubai sind die Wohnungspreise im Burj Khalifa zehn Monate nach Eröffnung um 40 Prozent gefallen. Im Oktober 2010 standen 825 von 900 Wohnungen leer. (Nachzulesen bei Wikipedia.de)

»Wohnen in den Turm wäre für mich unmöglich. Von daher verstehe ich, warum so viele Wohnungen leer stehen. Ich schweife ab.

Was hältst du von einem kleinen Trip nach Toronto? Ich möchte gerne auf der kanadischen Seite bleiben. Das ist die kanadische Provinz Ontario. In deren Zentrum sich die berühmten Niagara Falls befinden.«

Rosi bestellte sich einen 2. Cappucchino.

»Du weißt meine Liebe, mit dir fahre, fliege oder laufe ich überallhin. Wir haben viel Spaß auf unseren Reisen. Wann wolltest du es angehen lassen?«

»Wir sind vogelfrei, lass uns buchen gehen. Oder möchtest du vorher etwas über die Niagarafälle wissen. Ich habe mich mit Infos eingedeckt.«

»Lass es uns bitte vor Ort lesen.«

»Okay kein Problem. Ich habe ein Blatt, was die Einreisebestimmungen von Kanada bedeuten.

Das Reisedokument muss für die Dauer des Aufenthalts in Kanada gültig sein.

Visum und weitere Voraussetzungen für die Einreise

Für touristische oder geschäftliche Aufenthalte bis zu sechs Monaten ist die Ein- und die Transitreise zwar visumsfrei, aber grundsätzlich nur noch mit einer elektronischen Einreiseerlaubnis möglich.

2015 wurde in Kanada das eTA-Verfahren (Electronic Travel Authorization) eingeführt. Deutsche Staatsangehörige, die von der Visapflicht für Kanada befreit sind, müssen vor der Abreise zwingend eine elektronische Einreiseerlaubnis einholen, um auf dem Luftweg nach Kanada ein- oder durchreisen zu können.

Gebühren und Gültigkeitsdauer.

Im Zuge der elektronischen Beantragung ist eine Gebühr in Höhe von 7,- CAD (ca. 5,- EUR) zu entrichten. Die Einreisegenehmigung wird für fünf Jahre erteilt und ist an das jeweilige Reisedokument des Antragstellers gebunden. Wird folglich innerhalb des Gültigkeitszeitraums ein neuer Reisepass ausgestellt, muss das eTA-Verfahren erneut durchgeführt werden. Reisende, die im Besitz mehrere Reisepässe sind, müssen ggf. für jeden Pass eine gesonderte eTA beantragen (die Erteilung mehrerer

eTA ist möglich, auch wenn sich diese zeitlich über-
schneiden).

Bei Ankunft in Kanada erfolgt eine Einreisebefra-
gung durch Beamte der Einwanderungsbehörde
CBSA. Reisende müssen den Beamten überzeugend
darlegen, dass sie über ausreichende finanzielle
Mittel für den geplanten Aufenthalt verfügen, keine
Arbeitsaufnahme beabsichtigen und Kanada nach
Ende des Besuchs wieder verlassen. Ergeben sich
bei der Befragung Zweifel, kann sich in Einzelfällen
das Verfahren durch weitere Nachforschungen der
Einwanderungsbehörde über mehrere Stunden er-
strecken. Besonders bei der Vermutung einer Be-
schäftigung sind die kanadischen Behörden sehr
streng.

»Das war es soweit. Vor unserer letzten Reise haben wir unsere Pässe neu ausstellen lassen. Müssen
wir noch etwas wissen?«

»Nein Liebes, lass uns ins Reisebüro gehen. Vorher lässt du doch keine Ruhe«, lächelte Robert sie
an.

Rosi kicherte. »Ich bin gespannt, was unsere Kinder dazu sagen. Meine Pflanzen müssen sie versorgen.«

Rosi lud zum nächsten Sonntag ihre Kinder mit Anhang zum Kaffee ein. Robert tat das Gleiche mit seinen Kindern.

Kinder

Rosi ließ erlesenen Kuchen anliefern.

»Wie schön, dass ihr meiner Einladung gefolgt seid«, freute Rosi sich.

»Was ist der Anlass, oder sollen wir raten?«, fragte ihre Tochter Karin.

Rosi wusste genau, warum ihre Tochter das fragte und auch dieses Mal machte sie sich einen Spaß daraus.

»Du kannst gerne raten, meine Liebe.«

Ihr Mann wollte seine Frau besänftigen.

»Schatz lass deine Mutter ausreden.«

Die Kinder von Manuel und Rita, Benni und Melanie liefen zu ihrer Oma.

»Omi, dürfen wir mit?«

»Wo wollt ihr denn mit?«, fragte Rosi liebevoll.

»Wir wollen mit dir kommen.«

»Das geht leider nicht, schaut mal, eure Mama und Papa sind dann traurig, wenn sie euch nicht haben. Ich werde euch aber etwas Schönes mitbringen. Ist das Okay?«

Ihre Tochter Karin nahm den Faden wieder auf.

»Na gut, wo geht es dieses Mal hin?«, fragte ihre Tochter missmutig. Ihr Bruder Manuel ermahnte seine Schwester, dass es sie nichts angehe.

»Danke Manuel, das stimmt, es geht euch nichts an, denn das ist mein Leben. Karin du hast dein Erbe bereits bekommen, also warum diese Feindschaft?«

»Du gibst zu viel Geld mit und für deinen Freund aus. Du gibst unser Geld aus.«

Nun wurde Rosi ungehalten. Sie hob ihre Augenbrauen an.

»Mein liebes Kind, erstens geht es dich nichts an, zweitens zahlt Robert für sich und drittens, willst du wirklich so lange herumzicken, bis ich ihn heirate?«

»Mutter, das kannst du nicht tun. Das wäre unfair Papa gegenüber.«

»Dein Vater ist vor 7 Jahren gestorben. Was ist denn nur in dich gefahren? Das ist mein Leben und darüber bestimme ich ganz alleine.«

»Karin, lass Mutter doch ihr Leben gestalten, wie sie es möchte, wir tun das doch auch für uns. Niemals mischt sich Mutter in unsere Angelegenheiten rein. Sei nicht immer so giftig.«

»Wenn du den Typen heiratest, dann habe ich keine Mutter mehr«, erwiderte ihre Tochter trotzig.

»Karin ...«, rief ihr Mann.

Rosi war auf ihre Tochter überaus wütend.

»Wenn du so denkst, möchte ich dich bitten zu gehen, dass lasse ich mir von dir nicht bieten Du hast kein Recht mir etwas vorzuschreiben. Das hätte auch dein Vater nicht geduldet.«

Damit lief Rosi zur Tür und öffnete sie. Manuel versuchte, noch einmal auf seine Schwester einzureden.

»Karin, dir geht es doch nicht um Papa, höre einfach auf damit. Unsere Mutter ist erst 63 Jahre und soll ein schönes Leben haben. Du weißt, wie schwer sie das hatte, als Papa starb. Sie war alleine mit dem Geschäft und ist öfters für unsere Kinder als Babysitter eingesprungen. Entschuldige dich sofort bei ihr.«

»Klaus lass es gut sein«, meinte Rosi traurig.

Benni und Melanie weinten, weil es lauter wurde. Rita, ihre Mutter tröstete sie.

»Ein Teufel werde ich tun«, sie verließ wutentbrannt das Haus ihrer Mutter. Alle sahen ihr nach.

»Ok, wer möchte noch einen Kaffee?«
Um die Stimmung anzuheben frage Manuel sie:

»Mutter, sag was hast du vor? Wohin geht die Reise?«, schmunzelte Manuel. Sein 8-jähriger Sohn Benni schaute sie wissbegierig an. Die 6-jährige Tochter Melanie spielte wieder mit ihrer Puppe. Sie ließ die Erwachsenen nicht aus den Augen. Rita setzte sich zu ihrer Tochter.

»Du brauchst keine Angst zu haben, Erwachsene werden manchmal etwas lauter. Jetzt ist alles wieder gut«, tröstete sie ihre Tochter. Die Kleine nickte nur und schlang ihre Ärmchen um den Hals der Mutter.

»Ich fliege mit Robert nach Toronto, er möchte gerne den CN Tower sehen und ich die Niagarafälle.«

»Wow, das ist toll, ein Kollege von mir war dort. Er war total begeistert. Mutter nimm es Karin nicht übel«, bat er.

»Manuel, dann soll sie mir nicht vorschreiben, was ich zu tun und zu lassen habe, dass weiß ich selber. Ich lasse mir von niemanden in mein Leben reinreden. Nicht von meinen Kindern und auch nicht von Robert. Gott sei Dank tut Robert so etwas nicht. Das was Karin vorhin hier abgezogen hat, war lächerlich und dumm. Man sollte nicht meinen, dass sie eine erwachsene Frau ist.«

Zerknirscht gab Manuel seiner Mutter recht. Robert war für ihn nicht übel. Alles was seine Mutter glücklich macht, ist okay und Robert macht sie glücklich. Den Eindruck hat er bei Robert nicht, dass er auf das Geld seiner Mutter erpicht ist. Als Bauamtsleiter hat er eine angemessene Pension.

»Möchtest du Robert heiraten?«, fragte ihr Sohn lächelnd.

»Wir haben nie darüber gesprochen. Ich wollte sehen, wie meine Kinder reagieren.«

»Du weißt, alles was dich glücklich macht, ist für uns völlig Okay«, dabei schaute er seine Frau Rita an, die zustimmend nickte.

»Ich danke euch. Im Moment habe ich solche Aktivitäten nicht vor.«

»Wann geht es los Mutter und wann kommst du wieder?«

»In sieben Tagen, ich freue mich schon. Wir bleiben 14 Tage.«

Rosie schaute ihrem Sohn genau in die Augen, sie erkannte, dass er sich für sie freute. Ihre Tochter würde sie zappeln lassen. Da ist eine Entschuldigung von Nöten. Sie hat immer alles für ihre Kinder getan.

Robert bat seine Kinder auch zum Kaffee. Er hatte keine Enkelkinder.

»Hi Papa was gibt es? Gehst du wieder auf Reisen mit deiner Lady?«

Nachdem er Kaffee einschenkte, antwortete er.

»Ja meine Lady fragte mich, ob wir nicht wieder die Welt unsicher machen wollen.« Er schmunzelte.

»Laugt sie dich nicht zu sehr aus«, fragte Kai der Musiker.

»Aber nein, sie tut mir gut, oder habt ihr da etwas entgegenzusetzen?«, fragte er lauernd.

»Nein«, erwiderten beide ehrlich.

»Du hast nach Mamas Tod lange genug getrauert. Hätte nicht viel gefehlt und sie hätte eine Frau für dich gesucht.«

»Ja so war eure Mutter«, stimmte Robert nachdenklich zu.

Michael meldete sich zu Wort:

»Sag, wo führt es euch dieses Mal hin?«

»Nach Toronto. Mich interessiert der CN Tower und Rosi möchte zu den Niagarafällen.«

»Wow Papa, da beneide ich dich. Der CN Tower hat mich als Architekt schon immer interessiert. Aber mit Maria kann ich solch eine Reise nicht unternehmen. Sie würde im Flugzeug vor Angst sterben.«, bedauerte er.

»Micha, kann sie gegen ihre Flugangst keine Therapie machen?«

»Das haben wir schon lang und breit diskutiert. Sie lehnt es ab.«

»Es ist ihr aber schon bewusst, dass auch hier etwas passieren kann?«

»Damit stoße ich auf taube Ohren. Ich liebe sie, also erwähne ich es nicht mehr.«

»Papa wir beide wünschen dir viel Spaß zu dieser Reise.«

»Jungs, ich danke euch. Oh ja den Spaß werde ich haben. Rosi ist eine quirlige Frau. Es macht mir Freude mit ihr zusammen zu sein. Was diese Person für Einfälle hat, da kann ich nur stauen«, schmunzelte Robert. Es ist immer spannend mit ihr.

»Ich muss wohl noch eine Weile auf Enkel warten oder?«, fragte er schmunzelnd seine Jungs.

Kai meinte: »Oh ja Papa. Ich will auf Tour gehen, da kann ich mir so etwas nicht leisten. Du musst dich auf Micha verlassen.«

Robert schaute zu Micha.

»Bei uns wird es noch nichts mit Nachwuchs. Maria möchte erst Karriere machen.«

»Das ist nicht zu ändern. Ihr sollt euer Leben leben, wie es euch gefällt.«

Einen Tag später besuchte Robert Rosi zur Reisebesprechung.

»Rosi, wie haben deine Kinder reagiert?« Er sah ihren besorgten Blick.

»Wie nicht anders zu erwarten war. Karin hatte sich dieses Mal so unmöglich benommen, dass ich ihr die Tür zeigte. Sie ist wütend gegangen. Manuel war wie immer auf meiner Seite.«

»Ach, das tut mir leid, dass Karin dir nichts gönnt.«

»Ich machte ihr klar, dass Niemand das Recht hat, sich in mein Leben einzumischen. Ich habe meinen Kindern nach dem Tod ihres Vaters das Erbe ausgezahlt. Nun hofft sie, mehr zu bekommen, und meint, ich würde ihr Geld ausgeben. Das lasse ich mir nicht bieten. Verstehe mich nicht falsch, ich liebe meine Kinder, aber Karin schießt im Moment weit übers Ziel hinaus. Wie war es bei dir?«

»Ich hatte Glück, meine Jungs wünschen mir mit dir viel Glück. Sie mögen dich auch sehr. Michael würde den CN Tower gerne einmal in Natur sehen, nur seine Frau hat panische Flugangst. Sie ist nicht bereit, eine Therapie zu absolvieren. Alles wird abgeblockt. Das müssen die zwei entscheiden.«

Während Rosi die Flugunterlagen holte, dachte Robert an ihr Kennenlernen und er schmunzelte. Vor drei Jahren war es, als er zufällig einen Freund in Zehlendorf besuchte. Beim Versuch ist es geblieben, er wurde versetzt. Er sah dieses Eiscafé, wo er einkehrte und dann sah er eine hübsche Frau mittleren Alters in Reiseunterlagen wühlen. *Irgendetwas zog mich magisch an und so fragte ich sie, ob der Platz neben ihr frei wäre. Sie schaute mich mit ihren schönen braunen Rehaugen an. Wir kamen schnell ins Gespräch. Ich erzählte ihr, dass ich mit meiner verstorbenen Frau auch gerne reiste.*

Sie reiste mit ihrem verstorbenen Mann immer. Leider mochte er nie solche Reisen wie sie, also fügte sie sich. Als ihr Mann starb, holte sie alles nach. Und doch trauerte sie um ihren geliebten Mann. Sie arbeiteten viel, aber diese Reisen ließen sie sich nicht nehmen. Wie das Leben manchmal spielt, sie trauerte drei Jahre um ihren Mann, dann sagte sie sich, dass das Leben mehr als nur Traurigkeit zu bieten hat. Wenn ein lieber Mensch stirbt, dreht sich die Welt weiter. Da hatte sie angefangen zu leben und wieder zu reisen.

Bei mir war es ähnlich, meine Frau hätte es gerne gesehen, wenn sie mir eine neue Frau aussuchen könnte. Ich aber war so in Trauer, dass ich eine andere Frau in dieser Zeit niemals angeschaut hätte. Meine Söhne waren, es, die mir ständig predigten, ich muss wieder auf die Pirsch. Ich habe gute Jungs und ich bin stolz auf sie.

»Robert nun habe ich alles beisammen«, meinte Rosi. »Es ist gut, dass wir einen Direktflug nahmen. Nach den neun Stunden Flug, ist man schon ein bisschen kaputt. Zuvor müssen wir nach Frankfurt fliegen. Wenn wir in Toronto landen, brauchen wir nur noch unseren Leihwagen abzuholen. Der Chevrolet Malibu, ist auch ein anständiges Auto. Dann geht es ab ins Hotel.«

»Wie ich sehe, meine Liebe, hast du alles voll im Griff. Ich habe mich schlaugemacht. Wir brauchen nach dem CN Tower rund 1 ½ Stunden an dem Ontario Lake entlang zu fahren und schon sind wir an den Niagarafällen.«

»Robert, ich würde gerne auch die Schwebefahrt mit der Zipline machen. Ich lese dir vor, was sie in der Werbung schreiben:

Holen Sie sich den ultimativen Adrenalinkick bei diesem einzigartigen Panorama-Erlebnis an den Niagarafällen. Folgen Sie den freundlichen und professionellen Mitarbeitern mit dem Aufzug direkt zur Startrampe der Zipline. Decken Sie sich dort mit der notwendigen Ausrüstung ein, inklusive Helm und komfortablem Gurt. Erhalten Sie außerdem alle notwendigen Informationen für ein einzigartiges und atemberaubendes und dennoch entspannt risikofreies Panorama-Erlebnis an den Wasserfällen.
Spüren Sie die unglaubliche Kraft der Natur, während Sie auf einer Höhe von 67 Metern über der berühmten Niagara-Schlucht schweben. Gleiten Sie sanft auf einer Strecke von 670 Metern, zunächst vorbei an den amerikanischen Fällen. Erstarren Sie in Ehrfurcht angesichts der Urgewalt, des

donnernden Rauschens und der gigantischen Dunstschleier der mächtigen kanadischen Horseshoe-Fälle. Ihre spektakuläre Schussfahrt endet an der Aussichtplattform Falls Observation Landing Deck.

Was sagst du dazu?«

»Das ist etwas für meine Rosi«, meinte er schmunzelnd. »Ja ich hätte große Lust, dass mit dir zu unternehmen.«

»Es freut mich. Dann müssen wir eines Abends nach Einbruch der Dunkelheit mit einem der Boote fahren und uns das Farbenspiel mit Feuerwerk anschauen. Auch hier habe ich eine Beschreibung.« Rosi las vor:

Erleben Sie die Niagarafälle bei Nacht auf einer 40-minütigen Bootsfahrt nach Einbruch der Dunkelheit. Bestaunen Sie Wahrzeichen wie die Bridal Veil Falls und Horseshoe Falls, die in der Dunkelheit dank eines brandneuen und 4 Millionen Dollar teuren LED-Displays in bunten Farben erstrahlen. Buchen Sie als Upgrade eine Bootsfahrt mit Feuerwerk hinzu, die an ausgewählten Tagen von Mai bis

September durchgeführt werden. Genießen Sie den Anblick der bunten Lichter, die durch den Nachthimmel über den Wasserfällen tanzen.

Rosi schaute Robert neugierig an.

»Das würde mir in der Tat gut gefallen. Du hast mich wie immer neugierig gemacht.«

»Weißt du noch, mein lieber Robert, wie du am Anfang unserer Beziehung nur beschauliche Reisen machen wolltest?«

»Ha ha das hast du mir schnell ausgeredet. Heute könnte ich selber nichts mehr damit anfangen. Wir sind rüstig genug, um das zu machen, worauf wir Lust haben.«

»Genau lieber Robert. Ich war Jahrelang gezähmt durch Rainer. Er hatte leider für solche Urlaube nichts übrig. Erst nach seinem Tod konnte ich das so voll und ganz ausleben. Ich habe wohl Nachholbedarf.« Rosi holte eine Flasche Rotwein und sie ließen somit den Tag ausklingen.

Toronto

Drei Tage später standen sie am Flughafen und warteten auf den Abflug nach Frankfurt am Main. Die Sicherheitsbestimmungen sind auf ein hohes Maß an Geduld gekoppelt. Zugleich haben sie beobachten können, dass nicht alle Passagiere gleichbehandelt wurden. Rosi hat nicht mitbekommen, nach welcher Regel das gehandhabt wurde. Endlich saßen sie nach gefühlten Stunden im Flieger nach Frankfurt.

Dort sahen sie das Condor-Flugzeug. Es wurde betankt, gesäubert und neu mit warmen Mahlzeiten bestückt. Somit kam es zum Abflug nach Toronto. Das Einzige, was Rosi im Flugzeug gefiel, waren der Start und die Landung. Sie schauten einen Film. Zu oft ist sie geflogen. Sie und Robert hatten ihre Bücher zum Lesen mitgenommen. Nach langen 9 Stunden Flug mit einzelnen Turbulenzen und das Ausfüllung der Zollerklärung, landeten sie in Toronto. Mittlerweile war es 21:30 Uhr. Nur noch durch die Immigration und deren Fragen beantworten, was man in Kanada möchte. Dann war es geschafft. Sie liefen zu Alamo, um ihr Mietauto abzuholen. Dort warteten sie eine Stunde, bis alle Formalitäten erfüllt waren. Es gab ein Problem, weil ihr gebuchtes Auto, ein Chevrolet Malibu nicht vorhanden war. Sie bekamen ohne weiteren Aufpreis eine Klasse höher, den Toyota Corolla. Da nimmt man die Wartezeit gerne in Kauf.

Beide wollten nur in ihr gebuchtes Marriott Hotel. Das Hotelzimmer entsprach ihren Wünschen. Zwei große Queensize Betten standen getrennt in dem großen Zimmer. Am Kopfende des einen Bettes war an der Seite ein Automat angebracht. Man konnte einen kanadischen Quarter einwerfen. Robert und Rosi überlegten, wozu das wohl gut sein soll. Sie ließen sich eine Flasche Sekt aufs Zimmer bringen.

Weiterhin standen ein Tisch und zwei Sessel im Raum. Internetanschluss war ebenfalls vorhanden. Ein Begrüßungsschreiben lag auf dem Tisch, sowie eine Beschreibung, was man alles in der näheren Umgebung erleben kann.

Das Badezimmer war großzügig geschnitten und sehr sauber. Nach dem Champus ließ ihn der kleine Automat an dem einen Bett nicht los. Sie legten sich auf das Bett und Robert warf die geforderte Münze in den Schlitz. Rosi schrie auf, als das Bett anfing zu wackeln und vibrieren. Es gab ein Gelächter. Sie kamen darauf, dass es sich um ein Massagebett handelte. Nach 15 Minuten wurde die Vibration langsamer und damit schliefen sie augenblicklich ein.

Am nächsten Tag stärkten sie sich an dem Frühstücksbuffet und traten danach auf die Straße. Die Sonne lachte vom Himmel. Es versprach ein schöner Tag zu werden. Sie waren auf dem Weg zum CN Tower. Als sie davorstanden, beeindruckte sie die Höhe des Towers. Direkt vor ihnen war eine Kletterwand angebracht, wo sich Kinder erprobten, die Kletterwand hoch, zu kommen. Die Kletterwand war auf 4 Meter begrenzt. Sie beobachteten einen kleinen Jungen, der Angst hatte, obwohl er an einem Seil gesichert wurde.

Im Innern des Towers mussten sich Rosi und Robert erst einmal zurechtfinden. Das der Aufzug an der Außenseite vom Tower lief, erschreckte Rosi doch etwas. Sie klammerte sich an Robert und stand ehrfürchtig an der Wand der Kabine. Das Gefühl behagte ihr nicht so, als sie sehen konnte, wie schnell der Aufzug nach oben führte.

»Was ist mit meiner mutigen Rosi«, flüsterte ihr zu.

»Wow, ich habe schon vieles in meinem Leben gesehen, nur so etwas nicht«, gab sie kleinlaut zu.

Als sie sich auf der gewünschten Plattform befanden, stockte ihnen fast der Atem, vor dieser Schönheit, als sie am Fenster standen. Der Tag war sonnig und so hatten sie eine perfekte Sicht und einen tollen Ausblick auf die Stadt und den Ontario Lake.

Robert musste nicht lange suchen und fand die Stelle, wo ein Teil des Bodens aus Glas war und er hinuntersehen konnte. Das war außerordentlich beeindruckend. Romy traute sich nicht, auf diesen Glasboden zu treten. Das war ihr doch zu suspekt.

Sie sah Kinder, die sich freuten und manche krabbelten auf den Boden. Erst nach einer ganzen Weile betrat sie respektvoll den Glasboden. Nur für ein paar Sekunden. Robert schmunzelte. Wie freute sich Rosi, als sie wieder hinunterfuhren, und sie festen Boden unter ihren Füßen spürte. Sie blieben ein paar Tage in Toronto. Besuchten Museen und ein Theater. Wenn sie in ein Restaurant zum Dienieren einkehrten, staunten sie über die Gerichte. Es war fast durchweg deutsche Küche. An einigen Tischen hörten sie, wie sich die Leute in Deutsch unterhielten.

Niagara Falls mit Überraschungen

Am folgenden Tag fuhr Robert an dem Ontario Lake entlang, bis an die Niagara Falls. Nach etwas mehr als einer Stunde waren sie am Ziel. Sie planten 4 Tage zu bleiben und suchten sich ein Hotel. Dann liefen sie an die Brüstung und sahen die Fälle. Sie waren beeindruckt, von der Wucht der Wassermassen, die aus dieser Höhe hinunterstürzten.

„Robert schau dir das an. Da denkt man wirklich an das Paradies. Was sich die Natur hat einfallen lassen. Berauschend schön. Es gibt vieles was der Mensch beherrschen kann, aber nicht die Natur. Sie ist so imposant, wie einmalig.

Niagara Falls ist eine Stadt in Ontario, Kanada, die für die Niagarafälle bekannt ist. Die Rainbow Bridge verbindet die Stadt mit den USA. Niagara Falls liegt am Westufer des Niagara-Flusses, von hier sind die Horseshoe Falls zu sehen, der weiteste Teil der Niagarafälle. Besucher können mit

Aufzügen zu einem niedrigeren und feuchteren Aussichtspunkt hinter den Wasserfällen fahren. Auf einer felsigen Anhöhe befindet sich ein Park mit Promenade und dem 192 m hohe Skylon Tower mit Aussichtsplattform.

Sie schlenderten durch die Stadt. Rosi war begeistert über die vielen kleinen Geschäfte. Robert freute sich über die strahlenden Augen von Rosi. Gerne schlenderte er in fast jedes Geschäft mit ihr. Sie ruhten sich anschließend in ihrem Hotelzimmer aus. Was sie wieder gut getroffen haben. Nur ohne Massagebett.

Robert erklärte ihr, dass er kurz noch einmal runter gehen wolle, sie soll sich schon ausruhen. Rosi verstand nicht, was er wollte, sie war zu müde, um mitzugehen. Das freute ihn. Er lief zurück in das kleine Juweliergeschäft, was nur erlesene Stücke hat. Er wusste, für Rosi musste es etwas Ausgefallenes sein. Vielleicht nahm sie seinen Antrag an. Wo sonst wäre der richtige Zeitpunkt. Als er aus dem Geschäft herauskam, war er sichtlich zufrieden.

Robert überlegte sich, wann er die Frage aller Fragen stellen sollte. Den Text wusste er schon.

Am frühen Nachmittag, nachdem sie sich telefonisch angemeldet haben, fuhren sie zum Büro von Zipline. Somit hatten sie keine Wartezeit. Sie bekamen den Helm und den Sicherheitsgurt und Sitz. Beide waren schon ein bisschen aufgeregt. Sie sollten einen unverstellten 360-Grad-Rundblick bekommen. Sie hatten das Gefühl direkt auf die mächtigen kanadischen Horseshoe-Fälle zuzuschweben. Da spürten sie ein wildes Herzklopfen. Und das war in der Tat so. Für beide ein unvergessliches Erlebnis. Sie bekamen auch etwas Gischt der Fälle ab. Da es ein heißer Tag war, empfanden sie es als Erfrischung. Als sie fertig waren, den Helm und Sesselgurt abgegeben haben, kamen sie an einen Stand, wo sie ihr Bild entdeckten. Gerne kauften sie es. Das war mehr, als sie erwarten konnten. Beiden stand das Glück ins Gesicht geschrieben.

»Robert, das war das Beste, was ich erlebt habe. Es macht Herzklopfen, wenn man fast auf einen der

Größten Wasserfälle zu schwebt. Wie hast du es empfunden?«

»Einfach gigantisch liebe Rosi. Ich hätte nie gedacht, dass so etwas so viel Freude macht. Das wäre ein Verlust gewesen, wenn wir diese Fahrt nicht mitgemacht hätten. Ich danke dir meine Liebe, dass du es herausgesucht hast.«

Robert wurde etwas nervös, versuchte es nicht zu Zeigen. Nach Einbruch der Dunkelheit fuhren sie zum Ticketschalter für die Lichterschau.

Robert las: Erleben Sie die neue magische Lichtershow......

Ja in der Tat, magisch wird es auf jeden Fall, dafür werde ich sorgen.

Wie immer war Rosi sehr aufgeregt, immer wenn sie etwas schönes erleben kann. Sie hat fast von nichts anderem erzählt, als von dem Feuerwerk.

Sie wird hoffentlich ein Feuerwerk der Gefühle erleben.

Robert bekam mit ihren Tickets zwei Regencapes ausgehändigt. Die Fälle waren von oben eindrucksvoll, aber vom Boot aus, fühlte man sich so klein, wenn man neben den riesigen Wasserfällen fuhr.

Rosi klatschte begeistert in die Hände. Der Mensch ist so winzig gegenüber diesen Wassermassen. Nun bemerkten sie auch, warum diese Regencapes so wichtig waren. Die Gischt der Fälle benässte ihr Gesicht und Hände. Als das Feuerwerk dann anfing, klatschten alle Applaus. Robert war am Anfang kurz weg und Rosi suchte ihn. Er gab ihr eine lapidare Erklärung. Rosi war so aufgeregt durch die Fahrt, dass sie dessen keiner Bedeutung beimaß.

Als das Feuerwerk erloschen war und das Boot sich nicht, wie das andere Boot weiterbewegte, ertönte erneut durch den Lautsprecher der Kapitän. Rosi wunderte sich, dass es eine Ansprache in gebrochener deutscher Sprache war. »Meine Damen und Herren, ich bitte um Ihre Aufmerksamkeit. Wir werden Zeuge von einem Ereignis, was es in dieser Form auf unserem Boot nie gab.« Robert wunderte sich, dass es in deutscher Sprache verkündet wurde. Rosi und Robert waren der englischen Sprache mächtig. Robert lächelte. Vielleicht war das ein besonderes Geschenk, dachte er sich. Oder der

Kapitän hatte um fünf Ecken, verwandte in Deutschland.

»Bitte richten Sie Ihre Aufmerksamkeit auf das Vorderdeck, dass wir in wenigen Minuten ausleuchten werden.«

Ein Scheinwerfer suchte das Vorderdeck ab. Ein Mitglied der Crew kam zu Robert und gab ihm ein Mikrophon. Das bekam Rosi nicht mit, weil sie sich angestrahlt sah und aus dem Weg gehen wollte. Erneut erklang die Stimme des Kapitäns und er verkündigte die gleiche Ansprache in englischer Sprache. Erst da klatschten alle und sie suchten mit den Augen, das Vorderdeck ab.

Robert hielt Rosi bei der Hand mitten in dem Lichtkegel. Dann fiel Robert mit einem Bein in die Knie. Er sprach es in englischer Sprache, damit es jeder verstand.

»Geliebte Rosi, Du hast deinen Mann verloren, wie ich meine Frau durch eine Krankheit verlor. Ich glaubte, dass das Glück nur noch für andere Leute gilt. Bis ich dich vor 3 Jahren traf und wir feststellten, dass wir beide das Reisen so lieben. Wir wollten beide wieder anfangen zu leben. Wir lernten mit der Zeit uns zu lieben, ohne Aufhebens zu machen. Doch heute möchte ich Aufhebens machen und dich feierlich fragen, ob du meine Frau werden willst.«

Robert war erleichtert, dass er es gut über die Bühne brachte und sah sie erwartungsvoll an. Ihre Tränen sah niemand, durch die Nässe im Gesicht durch die Gischt des Wassers. Man merkte ihr an, dass sie mehr als sprachlos war. Sie konnte immer nur »Ja ja«, sagen. Dann steckte Robert den Ring an ihre Hand. Rosi lachte unter Tränen.

»Der Ring ist wunderschön.« Sie als ehemalige Juwelierin hatte für so etwas einen Blick. Robert hat einen erlesenen Geschmack.

Das Publikum klatschte Applaus und viele Menschen gratulierten ihnen. Robert klopfte man auf die Schulter, für seinen Mut.

Als sich Rosi gesammelt hat, sprach sie zu Robert:

»Meine Güte, schau wie ich aussehe mit dem Cape und nassen Haaren.«

»Du bist die schönste Frau auf dem Boot«, zwinkerte er ihr zu. Dann setzte sich das Boot in Bewegung und fuhr zur Anlegestelle. Der Kapitän kam auf sie zu und beglückwünschte sie. Er bat um ein Foto von sich mit Rosi und Robert. Danach bekamen sie 2 Freikarten für eine Tagesfahrt an die Fälle.

Im Hotel angekommen gingen sie unter die Dusche. Später betrachtete Rosi immer wieder ihren Ring.

»Robert, der Ring ist wunderschön, wann hast du ihn denn besorgt? Schon in Deutschland?«

»Nein, ich habe deinen Schönheitsschlaf heute Nachmittag genutzt und bin in das kleine Juweliergeschäft gegangen.«

»Ach deshalb wolltest du noch einmal runter gehen. Schlauer Fuchs.«

»Wollen wir etwas ganz Verrücktes tun, Rosi?«

»Dazu bin ich immer bereit, dass weißt du.«

»Hast du deine Geburtsurkunde dabei?«

»Ja warum fragst du? Ich habe immer eine Kopie in meiner Handtasche.«

»Gut, wollen wir nach Las Vegas fliegen und dort heiraten? Ist das für meine Rosi, verrückt genug? Wenn du es in Erwägung ziehst, schlage ich eine Helikopterhochzeit vor.« Rosi sah ihn mit großen Augen an.

»Du gehst ja ran. Ich meine, das hat was. Ist denn so etwas möglich? So heiraten bestimmt die wenigsten. Ich bin dabei.«

»Geliebte Rosi, wir haben doch nichts zu verlieren. Oder magst du so etwas nicht und möchtest mit deinen Kindern feiern.«

Auf einmal lachte Rosi, weil sie an ihre Tochter dachte.

Robert fragte, was so lustig sei?

»Weißt du, als meine Tochter so unverschämt war, erklärte ich ihr, wenn sie so weiter mache, könnte ich dich auch heiraten.«

Robert musste lachen. Er freute sich, als er hörte, dass ihr Sohn auch das für gutheißen würde.

»Robert schaffen wir das alles terminlich?«

»Ja mein Schatz, dieses Mal kann ich dir Infos geben. Er holte einen Zettel.«

Am Tag vor Ihrer Hochzeit werden Sie mit einer Super-Stretch-Limousine vom Hotel abgeholt. Der Chauffeur fährt Sie zum Büro für die Heiratslizenzen. Eine deutschsprachige Mitarbeiterin begleitet Sie zur Beantragung der Heiratslizenz und steht für evtl. Fragen zur Verfügung. Nach der Rückkehr ins Hotel besprechen wir mit Ihnen den Ablauf am Hochzeitstag.

Am Hochzeitstag werden sie ebenfalls mit einer Super-Stretch-Limousine vom Hotel abgeholt und zum Helikopterflughafen gebracht. In der VIP-Lounge erwartet Sie unsere deutschsprachige Mitarbeiterin und ein Glas Champagner.

Nach Einbruch der Dunkelheit, wenn die Lichter der Stadt einen atemberaubenden Anblick bieten, startet der Flug über den weltberühmten Las Vegas Boulevard - den Strip.

Während des Fluges über das Lichtermeer von Las Vegas wird die Trauungszeremonie vollzogen.

Der Flug startet am südlichen Ende des Strips, führt an der Ostseite an den großen Hotels und Casinos, wie dem MGM, Paris mit dem Eiffelturm, dem Venetian, dem Wynn und Encore, und dem Stratosphäre Tower, der über 300 m in den Himmel ragt, vorbei bis zur Downtown.

Nach dem Blick auf Downtown können Sie die Hotels und Casinos an der Westseite des Strips bestaunen.

Sie fliegen nun an den bekannten Hotels wie das Tresure Island, Mirage, Caesar's Palace, Bellagio, dem neuerbauten City Center vorbei. Nach dem Passieren des New York New Yorks sehen sie zum Abschluss den Laserstrahl des Luxor Hotels.

Nach der Landung erwartet Sie noch ein Gläschen Champagner, um auf dieses besondere Ereignis anzustoßen. Dann fährt Sie der Chauffeur mit der Super-Stretch-Limousine wieder zurück zum Hotel.

»Wenn du es möchtest, mache ich heute einen Termin. Dann buche ich die Flüge. Kommst du klar mit deinen Kindern?«

»Du hast dich mir sehr mit verrückte Ideen angepasst. Ja lass es uns buchen.«

Sie lösten am nächsten Tag ihre Freikarten ein und mussten schmunzeln. Am Ticketschalter hing ihr Bild mit dem Kapitän in DIN A 3 Größe. Er schaute sehr stolz. Eine Beschreibung lud zu einem solchen Event ein.

»Schau liebste Rosi, wir haben für ein neues Event beigesteuert.«

»Ja das scheint so.«

Las Vegas – Excalibur

Zwei Tage später flogen sie nach Las Vegas. Rosi wollte immer schon im Excalibur Übernachten. Von Freundinnen hörte sie, wie toll dieses Hotel sei, obwohl es zwischenzeitlich viele neue Hotels am Strip gab. Sie fanden das Excalibur lustig mit ihren bunten Türmchen. Und sie staunten über die Größe des Hotels. Man konnte sich fast darin verlaufen. Das Personal war äußerst freundlich. Hier konnte man Ritterlich heiraten, aber ihnen gefiel die Hochzeit im Helikopter besser und verrückter. Wer heiratet schon in einem Helikopter?

Sie bekamen die Hochzeits-Suite. Als sie ins Zimmer kamen, lagen Rosenblätter auf dem Bett. Ein Sektkühler mit Champagner, sowie frische Erdbeeren standen am Rand des Whirlpools im Zimmer. Der Whirlpool stand 3m vom Bett entfernt. Rosi und Robert fanden das Klasse.

Ein Hochzeitskleid hat sich Rosi in Toronto gekauft. Sie wollte kein klassisches Brautkleid. Das kam ihr altersgerecht etwas verschroben vor. Es war ein beigefarbenes Cocktailkleid.

So liebte sie ihr Leben, wenn viele verrückte Dinge passierten. Und jetzt hat sich Robert damit anstecken lassen. Wie schön kann das Leben sein?

Helikopter-Hochzeit

Am nächsten Tag wurden sie mit dem Limou-sinen-Transfer abgeholt um die gebuchte Heiratslizenz im Court House, dem Bezirksgericht zu beantragen.

Als sie sich für die Hochzeit zurechtmachten, kam Robert aus dem Staunen nicht heraus.

»Die schönste Braut darf ich heute zu einem un-gewöhnlichen Altar führen«, meinte Robert.

»Rosi, du bist eine wunderschöne Frau. Dein Kleid unterstreicht deine zierliche Figur. Ich liebe dich.«

»Danke Robert, ich bekomme einen gutaussehen-den Ehemann.« Sie lächelte dabei.

Rosi und Robert wurden in der Abenddämmerung mit einer Stretch-Limousine abgeholt.

»Robert, ich bin noch nie mit einer Limousine ge-fahren«, flüsterte sie ihm zu.

»Ich auch nicht Liebe Rosi. Schau dir nur die wei-chen Ledersitze an.« Das Personal hielt sich dezent zurück. Robert und Rosi konnten aus den Fenstern schauen, aber keine Passanten zu ihnen hinein. Vor ihnen ein Regal mit einer Flasche Champagner in einem Sektkübel. Leckere Knabberreien und Canapés warteten auf ihren Verzehr. Oben und rings um das langezogene Regal waren hellblaue und pinkfarbene Lichtleisten. Das Ambiente gefiel ihnen ausgezeichnet.

Die Formalitäten wurden erledigt. Dann kamen sie zum Flughafen. Dort bekam Rosi ihren wunderschönen Brautstrauß aus 12 Rosen. Die Limousine hielt neben dem großen Hochzeits-Helikopter. Der Helikopter hatte ein Brautpaar an der Seite und der Firmenname stand darauf. Sie stiegen in dem Helikopter ein, wo sie schon von einem deutschsprechenden Friedensrichter empfangen wurden. Hinten stiegen zwei Damen ein. Der Helikopter startete und sie flogen in die Dunkelheit. Sie sahen Tausende von Lichtern über die Stadt Las Vegas. Rosi und Robert dachten nicht, dass Las Vegas so groß ist. Dann begann der Friedensrichter mit der Traurede. Anschließend wurden die Ringe getauscht. Es wurde Champagner gereicht und ihre Hochzeitstorte (15 cm Durchmesser).

Als Trauzeugen fungierten die beiden Damen hinten im Helikopter. Am Tag der Hochzeit wurde der Apostille nach Deutschland geschickt. So brauchten sie ihre Eheschließungspapiere in Deutschland nur abzuholen. In Las Vegas bekamen sie die englische Lizenz.

Eine unvergessliche Hochzeit fand mit einem spektakulären Nachtflug über die Lichter der Glitzermetropole, dem Strip und Downtown ihr Ende. Beide waren zutiefst ergriffen. Als sie wieder auf dem Flughafen landeten, brachte sie die Limousine wieder in ihr Hotel.

Es wurden viele Fotos von ihnen angefertigt. 50 Bilder würde man ihnen am nächsten Tag auf einer CD überreichen. Die Hochzeitsringe besorgten sie zuvor bei einem Luxus-Juwelier in Las Vegas. Beide waren glücklich. Besonders Robert, dass sie seinen Antrag angenommen hat. Natürlich vergaß Robert nicht, seine Frau über die Schwelle zu tragen. Später

im Hotelzimmer tranken sie Champagner und ließen ihre Hochzeit noch einmal Revue passieren.

»Wann wollen wir es unseren Kindern sagen?«,
fragte Robert.

»Lass uns in Deutschland eine große Party geben
und dabei werden sie es erfahren, was meinst du?«

»Frau Becker, Sie haben eine sehr gute Idee. So
werden wir es tun.«

Sie blieben 4 weitere Tage in Las Vegas und dann
flogen sie nach Deutschland zurück. Nicht bevor sie
in verschiedenen Kasinos ihr Glück versuchten. Es
war nur zum Spaß gedacht. Doch Rosi gewann aus
einem Automaten, $7.777. Sie hatte wirklich die gol-
dene 7 gewonnen. Rosi glaubte es kaum. Sie hüpfte
herum. Als die anderen das sahen, klatschten sie
Beifall. Ein Pärchen kam auf sie zu und freute sich
mit ihr. Die Frau sprach:

»Es ist doch möglich, dass man so viel gewinnen
kann. Das ist schön, so etwas zu erleben. Wir spielen schon so lange hier und haben kaum etwas gewonnen.«

»Und wir haben hier in Las Vegas geheiratet. Kann man mehr Glück haben?«, erzählte Rosi. Und wieder bekamen sie Applaus.

Ein Mann kam zu Rosi und Robert und beglückwünsche sie und gab ihr den Gewinnschein. Damit mussten sie zur Kasse und sie bekamen ihren Gewinn ausgezahlt.

»Robert kannst du das glauben, ich habe noch nie Etwas gewonnen. Diese Reise bringt uns Glück« Er nahm sie in die Arme und bejahrte es.

»Ach Rosi, das größte Glück halte ich gerade in den Armen.«

»Lieb das du das sagst. Sag, hast du in Deutschland Termine, oder können wir noch eine Woche dranhängen?«

»Ich komme bei dir nicht aus dem Schmunzeln hinaus. Was geht jetzt durch dein hübsches Köpfchen?«

Grand Canyon

Wie sollte sie es Robert sagen.

»Na ja, wenn wir doch schon mal hier sind, könnten wir die 124 Miles mit dem Auto fahren und wir wären am Grand Canyon. Mir würde der Eselsritt mit dem Lagerfeuer gefallen. Was meinst du?«

Die Einschränkungen erfüllen wir:

Einschränkungen - Fahrer müssen sein:

♦ Mindestens 9 Jahre alt.

♦ Mindestens 57 Zoll (4'9 ") groß sein.

♦ wiegen weniger als 200 lbs. oder 225 lbs vollständig angezogen (abhängig von der Reise)

♦ In der Lage sein, Anweisungen in Englisch zu verstehen.

National Forest Trail Rides - Südrand

Einstündige und zweistündige Ausritte durch die Pinien des Kaibab National Forest und Dämmerung, Lagerfeuer und Wagenfahrten stehen zur Verfügung. Es werden Pferde und Maultiere benutzt. Apache Stables liegt etwas außerhalb des Südeingangs zum Grand Canyon National Park am nördlichen Ende der Gemeinde Tusayan. »

Robert lachte und schüttelte langsam seinen Kopf.

»Kaum verheiratet und will den Eselsritt. Ja das können wir tun. Lass uns die Zelte hier abbrechen und zu neuen Ufern ziehen.«

Die 2 ½ Stunden waren sie schnell gefahren. Unterwegs las Rosi aus ihrem Reisebericht vor:

Bereits vor über 3000 Jahren lebten Menschen im Bereich des Grand Canyon. Die Desert Culture genannten Indianer waren Jäger und Sammler, die Körbe und Sandalen herstellen konnten und mit Speerspitzen aus Stein auf die Jagd gingen.

Vor etwa 2000 Jahren besiedelten die als Anasazi bekannten Völker das Gebiet. Sie wohnten in Lehmhütten und bauten ihre Behausungen in die Wände der Schlucht. Sie lebten von der Landwirtschaft und hinterließen viele Felszeichnungen. Vor ca. 700 Jahren verschwanden die Anasazi plötzlich aus bis heute unbekannten Gründen. Die ebenfalls zur

Pueblo-Kultur gehörenden Hopi sind ihre Nachfahren und lebten wie andere Indianerstämme in jüngerer Vergangenheit in der Gegend. Noch heute wohnen einige Havasupai-Indianer im Canyon.

»Robert, wie ich von einer guten Freundin weiß, verkaufen die Indianer ihre selbsterstellten Stücke in Souvenirläden oben am Canyon. Der weiße Mann hat den Indianern viel weggenommen. Dabei könnten alle Menschen in Frieden leben. Das finde ich traurig.«

»Ja die Geldgier hat schon immer zu Kriegen geführt. Das hat fast jede Familie zu Hause.«

»Da hast du recht, ich brauche nur Karin zu erwähnen.

Der Grand Canyon in Arizona ist eine natürliche Felsformation, deren rote Gesteinsschichten einen Abriss zur geologischen Geschichte der letzten Jahrmillionen geben. Die riesige, 277 Meilen (446 km) lange Schlucht ist durchschnittlich 10 Meilen (16 km) breit und 1 Meile (1,6 km) tief. Ein Großteil der Region ist als Nationalpark geschützt. Vom Colorado River, der zahlreiche

Wildwasser-Stromschnellen aufweist, bieten sich Panoramaaausblicke.

Wie ist das, du möchtest bestimmt auf den Skywalk, oder«

»Ja Rosi, ich muss Michael was erzählen können. Er hätte ihn auch gerne gesehen. Mit einer Frau, die ganz große Probleme im Flugzeug hat, geht das nicht.«

»Ich bin nicht unbedingt ein ängstlicher Typ, aber solche Sachen ohne richtigen Boden unter meinen Füßen wird es schwierig. Dass muss nicht sein.«

Robert schmunzelte. Sie fuhren bis Grand Canyon Village und übernachteten im Yavapai East Lodge. Beide konnten nicht schlafen, weil es so heiß war. Bekanntermaßen haben alle Häuser in den USA Klimaanlagen. Sie quälten sich bis zum Morgengrauen. Zweimal sind sie vor dem Hotel gewesen. Als es endlich Frühstückszeit war, beschwerten sie sich bei der Rezeption. Diese wollten der Beschwerde auf den Grund gehen. In der Zwischenzeit gingen Rosi und Robert Frühstücken. Wenigstens das schmeckte, erwähnte

Rosi. Der Hotelmanager kam zu ihnen und entschuldigte sich.

»Wir sind untröstlich, unsere Reinigungskräfte reinigten den Teppich und schalteten nicht die Klimaanlage ein, sondern die Heizung. Ich bitte Sie vielmals um Vergebung, für Ihre Unannehmlichkeiten. Selbstverständlich brauchen Sie nichts zu bezahlen. Darf ich Ihnen einen Gutschein für zwei Tage in unserer Suite überreichen? Unser Bestreben ist es, dass unsere Gäste zufrieden sind.«

»Ach darum konnten wir nicht schlafen«, erklärte Rosi. Sie frühstückten fertig und checkten aus dem Hotel aus. Draußen auf dem Parkplatz standen ein paar Leute und denen schenkten sie die Gutscheine. Sie wussten, sie übernachten in diesem Hotel nicht noch einmal. Das Pärchen freute sich sehr über diese Gutscheine. Sie setzten sich ins Auto und fuhren zum Grand Canyon hoch. Es waren schon viele Menschen unterwegs. Als sie an dem Rand standen, wurden sie ganz demütig. Sie erkannten, wie klein der Mensch ist und wie unbedeutend. Sie mussten eine Weile laufen, bis sie zur Skywalk kamen. Rosi war das nicht geheuer, weil die Skywalk über die Schlucht hing. Robert ging alleine darauf.

Rosi betete: *lieber Gott, bitte lass das Glasteil nicht hinunterstürzen.* Sie freute sich sehr, als Robert zu ihr kam. Sie hatten noch Zeit bis zu ihrem Abenteuer mit den Eseln. So schlenderten sie in die Souvenirläden. Rosi erstand Geschenke für ihre Enkeln. Sie dachte sich: *Das wäre etwas für die zwei.* Echte Indianer bedienten in ihrem Shop. Man erlaubte ihr, dort Bilder zu knipsen. Zum Mittagessen, wollten sie nur eine Kleinigkeit. Schon war es Zeit zu ihren Eseln zu kommen.

Sie wurden eingewiesen und mit den nötigen Material ausgestattet. Die Gruppe umfasste 12 Personen. Es wurden Esel und Pferde eingesetzt. Dann bewegte sich die Gruppe. Alle, außer der Esel von Robert. Er hatte keine Lust zu laufen. Kein Zureden half und kein Klaps auf dem Po, konnte den Esel dazubringen, sich fortzubewegen. Rosi musste nur lachen. Sie schoss gleich ein paar Fotos.

Ihr frischgebackener Ehemann schaute bedröppelt drein. Robert hatte Zuckerwürfel in seine Tasche. Er fragte den Besitzer, ob es Okay wäre, wenn er versuchen würde, sie dem Esel zu geben. Als sie es bejahrten, reichte Robert seinem Esel ein Stück Zucker. Auf einmal konnte sich sein Esel bewegen. In Abständen forderte sein Esel Zuckerstücke. Es war für die Gruppe eine angenehme Tour. Als sie gegen Abend das Lagerfeuer entzündeten, wurde es romantisch. So manch einer erinnerte sich an die Cowboyfilme. Ein etwas dicklicher Mann schaute sich ständig um. Er erzählte: »In den alten Filmen kam es nicht selten vor, dass sie Schlangen hatten.« Man beruhigte ihn, dass man darauf achten werde. Für Robert und Rosi, war das ein Abenteuer, das seinesgleichen sucht. Auch mit einem störrischen Esel. Darüber gab es Gelächter.

Rückflug

Als sie in dem Flieger nach Deutschland saßen, unterhielten sie sich von ihren Eindrücken. Diese Reise hatte weit mehr an Abenteuer und gute Gefühle. Aus den 50 Bildern ließen sie sich eine Bildershow erstellen, die sie an ihrer großen Feier zeigen wollten. Als die Bildershow anhand einer CD im Briefkasten lag, war Rosi nicht mehr zu halten. Sie wollte sofort sehen, wie die Bildershow gestaltet war. Nach Rosis Wünschen wurde ein Text eingeblendet, was auf die Trauung hinwies. Die Show war mit Musik begleitet. Rosi wartete auf Robert. Sie rief ihn sofort auf seinem Handy an. Er war auf den Weg zu ihr. Sie schaute sich nur einen kleinen Teil an, gemeinsam mit Robert wollte sie sich alles anschauen. Beide waren begeistert, und ja, für ihr Vorhaben, war es eindeutig, warum diese Bilder gemacht wurden. Die Einladungskarten wurden verschickt. Sie hatten von fast allen die Zusage. Sie fanden ein gehobenes Ambiente, im Grand Hotel Piazza in Steglitz. Sehr schöne Räume mit genügend Platz. Es war auch Platz für eine Leinwand vorhanden.

Rosi und Robert waren gespannt, auf die Resonanz zu ihrer recht ungewöhnlichen Hochzeit. Normal kann jeder Heiraten, dachte sich Rosi. Bei ihr muss es immer etwas Extravagantes sein. Ihre Hochzeit war es ganz sicher. Geladen hatten sie am 25. September, um 15:00 Uhr. Alle kamen pünktlich. Manche staunten über das Ambiente in diesem Saal. Die Leute grübelten, warum dort eine Leinwand stand. Es wurde Kaffee und Kuchen bereitgestellt. Als alle saßen, erblickte sie ihren Sohn und ihre Tochter mit Ehemann, die sie fragend ansahen. Die beiden Söhne von Robert schienen alles hinzunehmen. Dann ergriff Rosi das Mikrophon:

»Liebe Familie, liebe Freunde. Wir danken euch, dass ihr alle unserer Einladung gefolgt seid. Wir möchten euch gerne etwas mitteilen. Dazu haben wir für euch eine kleine Bildershow zusammenstellen lassen. Schaut sie euch an und habt Spaß.« Robert stimmte ihr zu und küsste ihre Hand.

Dann startete die Bildershow und alle konnten sehen, dass sie geheiratet haben. Ein großes Raunen erfüllte den Saal. Karin wollte aufspringen, doch wurde sie von ihrem Mann zurückgehalten.

»Wenn du jetzt deiner Mutter weh tust, schwöre ich dir, lasse ich mich von dir scheiden. Dieses Mal meine ich das bitterernst. Ich möchte keine rachsüchtige Frau. Das habe ich viel zu lange mitgemacht. Das ist das Leben deiner Mutter und nicht deins. Du hast kein Recht, dich da einzumischen. Überlege dir gut, was du tust«, flüsterte er ihr zu.

Karin stockte einen Augenblick, sprang auf, dass der Stuhl nach hinten fiel und lief zu ihrer Mutter. Sie speite die Worte aus sich heraus. »Das verzeihe ich dir nie!« Und zu Robert gewandt meinte sie: »Ich hasse dich!«

Rosi kam hervor und griff ihre Tochter am Oberarm. »Höre mir genau zu, mein Kind. Ob du mir etwas verzeihst oder nicht, ob du Robert hasst oder nicht, spielt keine Rolle und du hast nicht das Recht dazu. Geh und leb dein Leben. Ich habe euch zu anständigen Menschen erzogen. Woher dein Hass kommt weiß ich nicht. Ich möchte dich heute und hier nicht mehr sehen.«

Rosi ließ ihre Tochter los und diese rannte zum Ausgang. Robert kam zu ihr und tröstete sie.

»Wir müssen ihr Zeit lassen, damit sie sich daran gewöhnt.«

»Oh ja, ich werde ihr lange Zeit lassen.« Dann versuchte Rosi, zu sich zu finden und sich den Gästen zu widmen. Ihr Sohn Manuel kam lächelnd auf sie zu und beglückwünschte beide.

»Mutter, kannst du dich an unser letztes Gespräch erinnern?«

Rosi lächelte. »Oh ja das kann ich. Robert bitte sage meinen Sohn, dass wir vorher nie über Heirat gesprochen haben.«

»Ja das stimmt Manuel, ich habe sie bei den Niagara Falls erst gefragt.«

»Lasst es euch von ihr erzählen«, rief er in den Saal.

Die Leute kamen alle zu ihnen und beglückwünschten sie. Viele zollten ihnen Respekt und

Mut, so eine Hochzeit zu zelebrieren. Rosis Schwiegersohn kam zu ihnen.

»Herzlichen Glückwunsch euch beiden. Ich finde, ihr macht das wundervoll. Rosi, ich lasse mich von deiner Tochter scheiden. So kann ich nicht mehr leben. Ich habe zu lange geschwiegen. Ich bin ein positiver Mensch und sie hat uns mit ihrem Neid und Missgunst vergiftet. Ich habe es ihr vorhin gesagt.«

»Klaus ich danke dir. Ich weiß nicht, was ihn sie gefahren ist. Ich werde sie gehen lassen, bis sie wieder normal mit mir reden kann.«

Roberts Söhne kamen auf sie zu.

»Herzlichen Glückwunsch ihr zwei. Ihr macht es genau richtig.« Kai hatte seine Gitarre dabei und spielte den Hochzeitsmarsch an. Robert kam auf Kai zu und drückte ihn. Rosi tat es ihm gleich.

Als alle Rosis Erzählungen folgten, wie es zum Heiratsantrag kam. Brauste großer Applaus auf. Nicht einer verübelte es ihnen, dass sie nicht in Deutschland geheiratet haben. Gegen 18 Uhr wurde das Abendessen serviert. Alle lobten die erlesenen Speisen. Sie feierten bis tief in die Nacht hinein.

Als sie zu Hause waren, nahmen sie sich ein Glas Wein und reflektierten den Abend.

»Rosi, es tut mir so leid, dass Karin so ausgeflippt ist. Ich weiß nicht, was ich ihr getan habe, dass sie mich so hasst.«

»Das ist nicht deine Schuld. Sie ist mit den Jahren immer neidischer und missgünstiger geworden. Ich kam kaum noch an sie heran. Als ich 3 Jahre nach dem Tod von Rainer, wieder anfing auf Reisen zu gehen, war ihr das nicht recht. Damit muss sie alleine klarkommen. Sie hat einen tollen Mann und setzt alles in den Sand. Das tut mir etwas weh. Ich kann es nicht ändern. Sie muss ihr Leben leben und ich meins. Ich bin froh, dich an meiner Seite zu haben.«

In der Folgezeit kamen immer wieder neue Päckchen an. Die Lieferboten hatten viel Arbeit. Es gab Menschen, die ihr etwas zur Hochzeit schenken wollten. Beide hatten ihre kompletten Wohnungen und so spendeten sie vieles an wirklich hilfsbedürftige Flüchtlinge.

Das Jahr neigte sich dem Ende zu. Es war November und die Straßen waren mit einer geschlossenen Schneedecke überzogen.

Wieder kribbelte es in Rosis Finger. Noch immer konnten sie sich nicht entscheiden, wo sie zusammenwohnen wollten. In dem Alter hat jeder seine liebgewonnene Umgebung, wo er glücklich ist. Ein Rückzugsort für den Notfall. Ansonsten unternahmen sie alles zusammen, besonders die Reisen. Für sie müssen es keine großen Reisen sein. Auch mit Städtereisen können sie sich anfreunden.

Rentierführer-Schein

R obert sah in das Gesicht von Rosi.
»Meine liebe Rosi, ich sehe es dir an, was führst du wieder im Schilde?«

»Du kennst mich zu genau lieber Robert. Ich dachte an einen Ausflug mit meinen Enkeln Benni und Melanie. Und zwar zu den Rentieren, oder besser gesagt: Begeben wir uns auf die Spuren des Weihnachtsmanns.

Es ist ein Tagesausflug, wir müssen nicht nach Lappland, oder zum Nordpol. Man kann den Rentierführer-Schein machen. Das ist doch für Benni bestimmt das Größte. Wir müssen natürlich erst mit Rita und Manuel sprechen. Es wäre ein Tagesauflug und findet in Kassel statt. Was meinst du?«

»Das hört sich gut an, meine Liebe. Ich bin dabei. Mach einen Termin mit Rita und Manuel.«

»Morgen Nachmittag fahren wir zu ihnen. Sie werden dankbar sein, einen Tag ohne die Racker zu sein«, schmunzelte Rosi.

Es duftete nach frischen Kuchen, als sie zur Haustür von Rita und Manuel kamen. Die Kinder kamen gleich zur Tür.

»Omi, Opi, toll das ihr da seid.« Die Kinder haben Robert sofort ins Herz geschlossen und fragten ihn, vor längerer Zeit, ob sie ihn Opi nennen dürfen. Robert war mehr als einverstanden Es rührte ihn.

»Na nun lasst uns erst einmal reinkommen.«

Robert fragte: »Habt ihr mir noch ein Stück vom Kuchen übriggelassen?«

Ja riefen beide. Dann kamen Rita und Manuel und halfen ihnen aus den Mänteln.

»Kommt herein. Dieses Jahr hat es aber sehr früh angefangen zu schneien«, meinte Manuel.

»Das ist gut so«, bemerkte Rosi. Manuel schaute sie ungläubig an.

»Mama du bist doch immer für den Sommer gewesen.«

»Schon, du wirst gleich hören, warum dies eine Ausnahme ist.«

Sie tranken Kaffee und aßen den leckeren Kuchen. Die Kinder verschwanden in ihre Zimmer. Man hörte sie spielen.

Rita lächelte und fragte, was sie auf den Herzen haben.

»Könnt ihr euch vorstellen einen Tag ohne eure Kinder auszukommen?«, fragte Rosi. Rita schaute zu Manuel und bekam glänzende Augen.

»Oh ja, das kann ich mir lebhaft vorstellen. Dann werde ich mich mit meiner Freundin treffen und für die Kinder Shoppen gehen. Manuel arbeitet so viel, da bleibt kaum Zeit, dass er mal bei den Kindern bleiben kann. Warum fragt ihr, was habt ihr vor?«

»Och wir wollten nur mal sehen, ob mit den Rentieren alles in Ordnung ist.« Sie sah viele Fragezeichen in den Augen ihrer Familie.

»In Kassel gibt es einen Park, wo man den Rentierführer-Schein machen kann. Ich dachte, das wäre etwas für Benni. Man erfährt allerlei über die Rentiere und nun kommt der Schnee ins Spiel. Im Winter wird eine Schlittenfahrt mit den Rentieren veranstaltet. Die Führung dauert 4 Stunden. Wir würden die Kinder dazu einladen. Wir überlegen, ob wir mit dem Auto fahren, oder mit der Bahn.«

»Wow, das wäre ja wirklich Klasse«, meinte Manuel.

Rita fragte nach, wann sie es den Kindern erzählen werden und wann der Termin wäre?

»Den Termin müssen wir vereinbaren, wir können die Kinder fragen, ob sie das mögen.«

»Rosi, da rennst du bei unseren Kindern offene Türen ein.«

»Benny, Melanie, kommt ihr bitte mal.«

Die Kinder kamen angerannt.

»Hört euch mal an, was Omi und Opi zusagen haben.«

»Wir dachten, wir schauen mit euch Mal genau nach, ob die Rentiere alle gesund sind, damit der Weihnachtsmann rechtzeitig zu allen Kindern kommen kann.

«Benni, du könntest einen Rentierführer-Schein machen. Du lernst, wie man ihnen das Geschirr ummacht und, dass sie ausreichend zu fressen haben. Melanie kann dir dabei helfen.«

»Au jaaaa, riefen beide. Das ist ja megacool. Meli das packen wir zusammen. Wann fahren wir denn, wann fahren wir denn?«

Die Kinder waren aus dem Häuschen. Es wurden noch die Einzelheiten besprochen, dann liefen die Kinder wieder in ihre Zimmer.

»OK, ich werde Morgen, wegen dem Termin anrufen.«

»Mutter hast du gehört, Klaus hat wirklich die Scheidung eingereicht und ist schon von zu Hause ausgezogen. Ich kann nicht verstehen, dass meine Schwester alles in den Sand setzt.«

»Klaus war bei uns und erzählte davon. Man muss fast glücklich sein, dass sie keine Kinder haben. Bei mir hat sich Karin nicht gemeldet. Ich lasse sie gehen. Sie muss von sich auskommen. Auch wenn es mir wehtut.«

»Ich komme nicht an sie heran. Wenn ich in ihre Buchhandlung gehe, geht sie nach hinten und lässt ihre Angestellte bedienen. Ich hörte, sie hat nur noch eine. Die anderen Beiden haben gekündigt. Mit Rita will sie auch nicht sprechen.«

»Manuel, wir können ihr nur Hilfe anbieten, sie muss sie auch annehmen. Im Moment sieht es nicht danach aus.«

Besuch bei den Rentieren

Am 24. November war es soweit. In der Nacht hatte es erneut heftig geschneit. Die Tickets zu den Rentieren hat Robert online bei Jochen Schweizer bestellt. Das unter dem Motto steht:

Machen Sie Ihren Rentierführer-Schein!

Alle freuten sich auf das Lapplandlager Björkträsk.

Die Kinder wurden am frühen Morgen von Manuel gebracht. Sie waren sehr aufgeregt. An Spielzeug für die Fahrt wurde gedacht. Sie saßen im Auto und warteten, bis es losging. Sie hatten eine Fahrt von 2 ½ Stunden vor sich. Im Schneegestöber würde es länger dauern.

Manuel wandte sich an die Kinder.

»Tschüss ihr beiden und seid lieb zu Omi und Opi. Ich wünsche euch viel Spaß heute.«

»Ja Papi, es klappt schon. Jetzt soll es aber losgehen«, meinte Benni und Melanie nickte.

Manuel musste schmunzeln, das waren Wörter, die Benni immer wieder sagte. »Klappt schon.« Wo er das wieder aufgeschnappt hat?«, fragte er sich. Da sie früh losgefahren sind, schliefen die Kinder bald ein. Rosi richtete sich schon darauf ein, dass ein Fragenkatalog über sie hereinstürzt: Wann sind wir da? Wie lange dauert das noch? Sie war erstaunt, über ihre Enkel.

Widererwarten verlief die Fahrt einwandfrei, ohne große Staus. Obwohl sie langsamer fahren mussten. Sie standen vor dem Eingang des Lapplandlagers Björkträsk. Man wartete einen Moment, bis die Gruppe mit 8 Leuten zusammenkamen. Da Benni und Melanie die einzigen Kinder der Gruppe sind, werden sie von allen verwöhnt. Dann kam der Besitzer und erklärte nach der Begrüßung:

»Unsere Rentiere gehören zur Gattung der Tundra-Rentiere (Rangifer tarandus tarandus).« Melanie kicherte, »Was für ein komischer Name«, das sagte sie leise zur Oma. Von dort ging es gemeinsam zum Gehege, wo die Ankömmlinge bereits neugierig von den Rentieren beäugt wurden.

Natürlich hat Uwe, der Experte, Rentierflechten dabei: »Die mögen sie besonders gerne«, erzählte er. Er gab den Kindern, je ein Stück und sie durften die Rentiere füttern. Benni war sehr stolz. Melanie hatte Angst. Benni redete ihr gut zu, aber sie gab ihm die Flechte. Rosi legte ihre Hand auf Melanies Schulter. »Das musst du nicht tun, wenn du nicht möchtest.«

Über hölzerne Stege führt der Weg ins Lapplandlager von RENRAJDvualka.

»Falls ein Rentier stehenbleibt, einfach anschieben«, lacht Uwe und führt die lustige Karawane aus Menschen und Rentieren auf eine kleine Lichtung im Birkensumpf. Dort befinden sich drei Lavvus, eine Feuerstelle mit altem Ofen sowie Holzbänke mit Rentierfellen.

Sie erfuhren, dass der Tierpark eng mit der Kultur der Samen verknüpft ist und dass das Denkmal der »Wilden Lappenfrau« daran erinnern soll. Sie lernten auch ganz viel über die Tundrarentiere, der Gattung Rangifer tarandus tarandus. Dass zum Beispiel Rentierbullen bereits um die Weihnachtszeit ihr Geweih abwerfen, das bis zu 14 Kilo schwer werden kann und dass Rentiere auf ihrer Wanderung ganze Fjorde durchschwimmen. Benny stellte sich zu Uwe und hatte viele Fragen. Uwe nahm sich Zeit, um alle zu beantworten.

Sie heißen Biejjie, Sirkka, Aaeva, Nulippa, Neele, Ylla, Tyra, Sölvie und Jäppe, haben knuffige Schnauzen und treue Augen. Die Rede ist von zahmen Rentieren, die sich im Björkträsk des Tierparks Sababurg, einem kleinen Birkenwäldchen im nordhessischen Reinhardswald, wo die Vegetation fast wie in ihrer Heimat Lappland ist, wie zu Hause fühlen.

„Bis auf Nuppa tragen alle ein Geweih, denn Rentiere sind die einzige Hirschart, bei denen Männchen und Weibchen ein Geweih haben", erklärt Uwe von RENRAJDvualka den Rentierfans. „Wir können den Rentieren ganz nah sein und eine Menge über sie lernen."

Bevor es aber mit den Tieren auf Tour geht, gehört ein kleines Rentier-Einmal-Eins dazu. „Rentiere sind Fluchttiere", erklärt der Experte, „Ihr müsst deshalb im Umgang mit ihnen Bescheid wissen.

Wenn Gefahr droht können sie bis zu 60 Stundenkilometer schnell werden."

Geräusche, wie das Aufspannen eines Regenschirms hätten die Tiere in der Vergangenheit schon einmal erschreckt. Der Rentierflüsterer weiht die Gäste in die Sprache der Rentiere ein: „Mit „Bua" könnt Ihr sie locken und mit „Vänta" ausbremsen. Ihr solltet auf unserer Tour immer das Verhalten der Tiere im Auge behalten, im Notfall könnt Ihr das Seil dann etwas kürzer nehmen und ihnen Schutz hinter Euch gewähren, dann beruhigen sie sich schnell."

Immer wieder müssen wir anhalten, denn das eine oder andere schmackhafte Moos oder zarte Pflänzchen, das aus dem Schnee hervorlugt, muss natürlich vertilgt werden. Flink und geschickt wandern die felligen Schnauzen der Rentiere über den Boden. Uwe erklärte ihnen: „Und das, obwohl sie nur unten Zähnchen haben, oben hingegen nur eine Art Lederkauleiste, mit dem sie das Moos von den Stämmen und vom Boden schnappen". Er erklärt auch, dass frisches Gras im Frühling für Rentiere gefährlich ist und Äpfel für sie zwar eine

Delikatesse sind, aber äußerst schlecht für die Zähne sind und damit nicht Teil des regulären Speiseplans sind. Das erklärt wohl auch, warum Nuppa, das Rentier ohne Geweih, so genüsslich an meiner Tasche knabbert.

Nach einer erlebnisreichen Rentiertour durch den Tierpark erreicht die Gruppe wieder den urigen Birkensumpf. Gemeinsam geht es ins Lavvu, das Nomadenzelt der Samen, wo bereits ein Feuer lodert, um das sich alle versammeln. Von Uwe erfährt die Runde viel über die Kultur der Samen, die Urbevölkerung Lapplands, die noch heute verteilt über Norwegen, Schweden, Finnland und die Kola-Halbinsel in Russland lebt. Zum Beispiel, dass diese früher sesshaft waren und Rentiere jagten, wenn die Herden auf ihrem Weg, von den Sommer zu den Winterweiden vorbeizogen. Vor etwa 1.000 Jahren zähmten sie dann die ersten Tiere und folgten nomadisierend den Herden auf ihren jährlichen Zugrouten.

„Rund sieben bis acht Personen vom Kleinkind bis zur Oma leben während dieser Zeit gemeinsam im Zelt, auch im tiefsten Winter, bei Minusgraden weit unter dem Gefrierpunkt", erzählt Uwe. Die Feuerstelle wird nur zum Kochen angeheizt. Nach dem Essen zieht sich jeder schnell in seinen warmen, mit Rentierfell ausgepolsterten Schlafsack zurück. Früher nutzten die Samen vor allem zahme Rentiere als Zugtiere für Zelt und Proviant. „Heute dienen Motorschlitten zum Transport und moderne GPS-Technologie hilft, die Herde zu orten", erzählt er. „Auch die Samen müssen eben mit der Zeit gehen."

Zum Schluss wurde eine Schlittenfahrt veranstaltet. Die genoss besonders Rosi. Neben sich hatte sie Melanie im Arm. Voraus fuhren Robert und Benni, der Robert alles erzählte, was er erlebte.

Nach diesem spannenden Ausflug in die Welt der Samen überreicht Uwe jedem einzelnen feierlich die bereits erwartete Urkunde, den Rentierführerschein. Besonders Benni lobte er, weil er alles richtig machte und er sich vorstellen kann, dass er einmal ein guter Rentierführer wird. Er könnte sich ihn auch als Helferlein vom Weihnachtsmann vorstellen. Dabei zwinkerte er mit den Augen. Benni wuchs vor Stolz über sich hinaus und nahm stolz und strahlend seine Urkunde entgegen.

„Ein wirklich tolles Erlebnis", bestätigt Robert. „Ich habe mich bei Uwe im Björkträsk wirklich rentierwohl gefühlt." Zum Schluss kauften sie für die Kinder noch ja ein Rentierstofftier. Die Kinder bedankten sich brav.

»Ja Opi, das war ein toller Tag«, fand Benni.

»Hat dir auch etwas gefallen?«, fragte Rosi Melanie.

»Ja die Rentierbabys und die Rentiermama«, erwiderte sie. »Die sind nicht mitgelaufen.«

»Nein, die Kleinen waren noch zu jung«, erklärte Benni fachmännisch. Sie hätten noch im Anschluss ein Besuch des restlichen Tierparks abstatten können. Nur die vier waren Müde. Melanie schlief schon fast im Stehen ein. Im Auto schliefen die Kinder sofort ein und hielten ihre Rentiere in der Hand. Als Robert zum Haus der Kinder vorfuhr, wurden Benni und Melanie wach. Sofort rannte Benni zu seinem Vater und erzählte ihm alles und zeigte mit Stolz geschwollener Brust seine Urkunde. Und dass er ein Helferlein beim Weihnachtsmann, sein könnte.

»Das ist aber toll Benni. Der Weihnachtsmann wird sich freuen, dass er nicht alles alleine machen muss.« Dabei sah er seine Mutter und Robert dankbar an.

Melanie sah ihre Muttern ernst an. »Mama, ich habe ein Babyrentier gesehen. Das durfte nicht mit uns laufen.«

»Das verstehe ich. Babys können auch nicht weit laufen. Schau, Menschenbabys können noch nicht laufen.«

»Ja der Karsten, von Meli kann auch nicht laufen.« Benni mischte sich in das Gespräch ein.

»Weißt du Mama, dass Rentiere nur unten Zähne haben«, dabei zeigte er seine unteren Zähne.

»Ach komm«, tat Rita erstaunt.

»Ja oben haben sie nur eine Lederkauleiste.«

Rita sah ihre Mutter an. Rosi nickte.

»Benni hat gut aufgepasst. Das stimmt.« Alle saßen um den großen Esstisch herum. Die Kinder wurden Zusehens müde und wurden ins Bett gebracht. Vorher kamen sie zu Rosi und Robert und bedankten sich.

Benny sagte: »Omi, das können wir bald wieder machen.«

»Wir werden sehen, gute Nacht ihr Lieben.«

Als Rita wieder ins Zimmer kam, holte sie eine Flasche Wein.

»Ich danke euch, dass ihr den Kindern einen so schönen Tag bereitet habt. Davon werden sie noch lange erzählen.«

»So sollte es sein. Benni war lange bei dem Initiator und hatte viele Fragen. Er konnte gut mit Kindern umgehen und wurde nicht müde, alle Fragen zu beantworten. Auch für uns war es ein schöner Tag.«

Wieder zu Hause

Als Rosi und Robert wieder zu Hause waren, berieten sie, ob sie ihre Wohnverhältnisse ändern sollten. Nicht vor Weihnachten. Rosi fing an mit ihrer Weihnachtsdekoration.

Robert meint: »Welches Haus verkaufen wir? Bleiben wir bei mir, bei dir, oder kaufen wir ein neues Haus?«

Rosi blickte ihn traurig an. Angstvoll fragte sie:

»Könntest du dich an mein Haus gewöhnen?«

»Du meinst, ich soll zu dir ziehen?«, erwiderte Robert.

»Ich habe zwei Zimmer, die ich kaum benutze«, meinte sie hoffnungsvoll.

Eine Weile überlegte Robert. Über den Brillenrand beobachtete er Rosi. Bis er ihr antwortete:

»Na gut, ich ziehe zu dir. Ein paar Möbel würde ich gerne mitbringen.«

Rosi freute sich. Sie kam zu ihm und bedankte sich.

»Lieber Robert, mir ist ein Stein vom Herzen gefallen. Was wirst du mit deinem Haus tun. Vermieten oder verkaufen?«

»Vermieten auf keinen Fall. Ich habe Freunde, die vermietet hatten. Bernd hatte einen Schaden von mehreren Tausend Euro. Wenn du erst einmal ein Messi in deinem Haus hast, kannst du alles herausreißen. Nein das möchte ich nicht. Ich werde meine Söhne fragen.«

»Unter diesen Umständen wäre das sogar besser.«

Eine Woche später redete er mit seinen Söhnen. Kai der Musiker wollte kein Haus. Er plante, auf Tour zu gehen. Er hätte nur an ein paar Möbel Interesse für sein WG-Zimmer. Michael hatte gerade ein Haus gebaut für sich und seine Familie. Sie würden gerne ein paar Möbelstücke übernehmen und ein Teil vom Kücheninventar. Sie wussten, ihr Vater kaufte alles nach den neuesten Techniken.

Das Weihnachtsfest wurde wie immer im Haus von Rosis Sohn gefeiert. Die Kinder hatten Spaß wie immer. Zur Bescherung rief Benni aus:

»Schaut doch mal, der Weihnachtsmann hat es dieses Jahr ohne meine Hilfe geschafft. Er hat wirklich alles mitgebracht. Aber nächstes Jahr werde ich ihm helfen.«

»Ja, mach das mal«, rief Rosi. Die anderen schmunzelten.

In der 2. Märzwoche fand der Umzug statt und Robert übergab sein Haus einer Maklerin zum Verkauf. Im Grunewald wollte keiner seiner Söhne wohnen. Wiedererwarten wurde sein Haus zügig verkauft, ohne Abstriche. Er zahlte seinen Söhnen einen Teil aus und den Rest legte er an. Sein Umzug verlief auch zügig. Robert nahm seinen Sekretär mit. Er richtete sich in dem einen freistehenden Zimmer ein. Zuvor kauften sie sich ein neues Schlafzimmer, das nach sechs Wochen geliefert wurde. Robert hatte Rosi die Entscheidung überlassen, welches sie nehmen. Vom Geschmack her, ähnelten sie sich.

Mittlerweile war es April und eines Tages kam Rosi mit Katalogen nach Hause. Robert wusste, das bedeutete, dass sie bald wieder Koffer packen mussten. Er schmunzelte.

»Na meine Liebe, wo soll die Reise hingehen?«

»Wir können auch mal hinfahren, wo es dir gefällt«, lächelte sie.

»Ich sehe wie gerne du in den Katalogen stöberst, also überlasse ich es dir. Es scheint dir Freude zu machen. Wie ich dich so anschaue, glaube ich, du hast schon etwas in deinem Köpfchen.«

»Ich liebe dich, wie du mich doch kennst. Ich denke wirklich an ein kleines Bisschen Bauchkitzeln.«

Robert schaute sie mit hochgezogenen Augenbrauen fragend an.

»Was hältst du von Parasailing in St. Petersburg?«

»Du möchtest nach Russland?«

»Nein, ich meine St. Petersburg Beach in Florida. Danach könnten wir nach St. Augustin. Dort gibt es so schöne kleine Geschäfte, habe ich gehört. Brenda schwärmte davon.«

Robert lachte über den Enthusiasmus seiner Frau. »Wann gedachtest du das zu tun?«

»Man sagte mir, im Mai wäre eine gute Zeit. Da wäre es noch nicht zu heiß und die Hurrikan Zeit beginnt erst ab Juni. Im Mai haben sie um die 30°C. Genau richtig für Wasseraktivitäten. Wollen wir die höchste Höhe buchen? Sie bieten das für 90 m oder gut 365 m an.«

»Wir wollen etwas erleben, also nehmen wir die 365 m. Schau mal hier dieses Hotel sieht aus wie ein Sahnehäubchen aus, mit den kleinen Türmchen. Don Cesar heißt es. So teuer muss es nicht sein. Schau mal hier, dass Holiday Inn schaut gut aus und ist preislich akzeptabel. Dann sollten wir noch Tresure Island besuchen. Dort gibt es unter anderem ein Geschäft, das nur Engel verkauft, hat Brenda mir erzählt. Tresure Island war einst ein altes Fischerdorf.«

»Du strahlst vor Begeisterung. Dann müssen wir dorthin«, lachte Robert. In den nächsten Tagen buchten sie die Reise. 14 Tage Sonne. Es klingelte an der Tür und ihre Enkel standen mit ihren Eltern davor.

»Kommt herein, ich mache Kaffee«

»Lass mal Liebes, ich erledige das«, meinte Robert und lief in die Küche.

Rita sah die Kataloge auf dem Beistelltisch.

»Rosi, wo geht es denn hin«, mit Blick auf die Kataloge.«

»Omi dürfen wir wieder mit«, fragte Benni.

»Nein mein Kleiner, das geht leider nicht, weil ihr im Mai zur Schule müsst. Da sind noch keine Ferien.«

Zu seinem Vater gewandt fragte Benni:

»Kannst du uns nicht eine Entschuldigung schreiben?«

»Nein mein Sohn, das kann ich nicht. Leider musst du da durch und deine Schwester auch.«

»Mutter wo geht es denn hin?«, fragte Manuel.

»Nach St. Petersburg.«

»Du willst nach Russland?«, was gibt es da Schönes?«

»Nein, ich meine St. Petersburg in Florida. Wir wollen dort Parasailing machen. Ich brauche mal wieder ein bisschen kitzeln im Bauch. Das muss toll sein. Wir haben die höchste Höhe gebucht. Das sind ca. 365m. Von oben muss man einen traumhaften Blick über das Meer haben.«

»Muss ich mir Sorgen machen, Mutter?«

»Nein. Das wird jedes Jahr viele Tausend Mal gemacht und noch ist nichts passiert. Siehe es mal so, Wenn ich ein Hai sehe, kann ich denen gleich Bescheid sagen. Ich komme ja nichts ins Wasser. Außerdem möchte Robert das mitmachen.

Danach geht es beschaulicher zu. Wir planen eine Fahrt nach St. Augustin. Dort kann man nur Shoppen gehen. Die haben eine Altstadt wie wir sie hier kennen. Fast die einzige amerikanische Stadt. In den Everglades gibt es das kleineste Postamt der Welt. Es soll nicht viel größer sein, als eine Gartenhütte.« Zu ihren Enkeln sagte sie:

»Ich bringe euch etwas Schönes mit.«

Robert kam mit dem Kaffee und Kuchen ins Zimmer. Sie redeten noch eine Weile über den Urlaub.

Rita meinte:

»Ich finde das ganz toll, was ihr macht. Unternehmt so viel wie möglich, solange ihr noch könnt. Irgendwann sagt der Körper Stopp. Ich sehe es an die Eltern meiner Freundin. Sie sind gesundheitlich so angeschlagen, dass nichts mehr geht. Sie sagen aber auch, sie haben alles unternommen, was ihnen möglich war.«

»Danke Rita, ich freue mich, dass ihr es so seht. Wir wissen sehr wohl, dass das nicht immer alles geht, wie man möchte. Noch sind wir recht gesund.« Robert stimmte ihr zu.

Parasailing in St. Pete Beach – Florida

Die Zeit des Abfluges kam schnell. 10 Stunden flogen sie von Frankfurt nach Orlando. Von dort fuhren sie mit dem Auto nach St. Petersburg in ihr gebuchtes Hotel. Am nächsten Tag, nach einem ausgiebigen Frühstück, sahen sie sich die Umgebung an. Sie fuhren zum Pier mit dem Shuttlebus.

»Schau doch mal Robert da drüben. Ich habe noch nie so viele Pelikane gesehen. Sie werden gefüttert.«

»Das ist wirklich schön anzuschauen.«

Sie hatten einen traumhaften Blick aufs Meer.

Eine Frau rief:

»Schaut hier rechts, da sind Delfine.« Robert zückte gleich seinen Fotoapparat.

»Das ist aber selten, normalerweise kommen sie in den Abendstunden.«, erzählte die Frau.

»Wow, ich habe noch nie Delfine in Freiheit gesehen. Schau doch nur Robert, dort ist ein Baby dabei. Es sieht so aus, als ob die Gruppe Delfine das Kleine schützt. Was ein Erlebnis«, rief Rosi.

Als sie in den Pier rein gingen staunten sie. Es waren auch hier viele kleine Geschäfte vorhanden. In der Mitte standen mehrere Säulen, die als Aquarium dienten. Wunderschöne bunte Fische waren darin. Sie kamen zum Food Court. Hier bekam man wirklich viel für sein Geld, staunte Robert. Sie kamen an einem Stand vorbei, der in Windeseile die Speisen zubereitete. Rosi entschied sich für ein Philly Steak in einem Brötchen. Das hatte ihr gut geschmeckt. Auch Robert entschied sich dafür. Sie fuhren mit dem Fahrstuhl nach oben und hatten einen freien Blick aufs Meer. Dort sahen sie, wie ein Pelikan für sein Abendessen sorgte. Er beobachtete das Meer eine Weile und schoss Pfeilschnell und tauchte ins Meer hinein. Um mit dem Fisch wieder hochzukommen. Das machte Rosi und Robert Spaß dabei zuzuschauen. Als sie wieder herunterkamen und zum Shuttlebus liefen, sahen sie, dass ein Piratenschiff anlegte. Ein prachtvoller Zweimaster der an der Spitze des Mittelmastes stolz die Flagge mit dem Totenkopf und den zwei gekreuzten Knochen trug. Es waren viele Kinder an Bord. Alle waren wie

Piraten angemalt und hatten die entsprechende Kleidung an.

»Das wäre etwas für unsere Enkel Benni und Melanie gewesen.«

»Oh ja, das glaube ich dir, liebe Rosi. Ich habe Bilder von dem roten Piratenschiff, mit dem gelben Streifen geknipst. Die Kinder hatten bestimmt viel Spaß bei der Fahrt. Die Eltern konnten in der Zwischenzeit Shoppen gehen.«

Sie fuhren wieder mit dem Shuttlebus und stiegen in ihr Auto.

Am nächsten Morgen stand Parasailing auf ihrem Programm. Beide waren etwas aufgeregt. Sie kamen zu der Anlegestelle. Die Sonne wärmte schon, es versprach ein schöner Sommertag zu werden. Der Kapitän des Bootes war ein freundlicher Mann, der immer Späße machte. Als Rosi und Robert ins Boot stiegen, kam gleich ein junger Mann auf sie zu und fragte ob sie alleine oder zusammen fliegen möchten. Es bestand die Möglichkeit alleine, zu zweit oder sogar zu dritt zu Fliegen. Je nach Personenzahl und Gewicht, wurde die Größe des

Schirmes gewählt. Nun bekamen sie einen Platz zugewiesen und als alle saßen, legte das Boot ab, um auf das Meer vor die Küste zu gelangen.

Ihr Gleitschirm hatte ein lustiges lachendes Gesicht. Sie bekamen ihre Haltegurte angelegt, einige Erklärungen um anschließend auf der hinteren Plattform an den Schirm eingehakt zu werden. Schon gab der Kapitän Vollgas. Mittels eines leistungsstarken Motorboots werden die Personen und der Schirm soweit beschleunigt, dass die Personen vom Schirm getragen werden. Der Fahrtwind wurde bei der Hitze als angenehm empfunden. Dann hoben sie ab. Beide hatten ein befreiendes Gefühl. Es ging immer höher und sie sahen alles kleiner werden. Den Strand die Menschen und bald war das Motorengeräusch kaum zu höheren. Sie blickten sich um und empfanden eine plötzliche Ruhe und Ausgeglichenheit. Als sie nach unten schauten, konnten sie die Untiefen des Meeres erkennen. Als es nach ein paar Minuten wieder herunter ging, sahen sie die Umrisse recht großer Fische in Nähe des Strandes. Das Motorengeräusch vom Boot wurde wieder lauter. Als sie mit dem Gleitschirm wieder aufs Boot gezogen wurden, bedauerten sie es. So hat ihnen das Parasailing gefallen. Sie bedankten sich bei dem Bootsführer und erklärten auf Anfrage, dass das Gefühl unbeschreiblich war. Robert küsste sie auf die Wange.

»Es war so gut, dass du die höchste Höhe gebucht hattest. Das muss man einfach erlebt haben. Das war ein Feeling das mit nichts zu vergleichen war.«

»Oh ja Robert, das war eins der schönsten Reisen, die ich erlebt habe. Hast du auch die Freiheit gefühlt? Alles fiel von einem ab. Jetzt verstehe ich Ikarus. Nur wäre ich nicht so vermessen, zu hoch zu fliegen«, lächelte Rosi. Robert wusste genau, was sie meinte.

Glückselig kehrten sie in ein Family Restaurant, wo sie zu Mittag aßen und Rosi ihren geliebten Cappuccino bestellte.

»Robert, ich kann mich noch nicht beruhigen, so toll war unser Erlebnis. Das stelle ich mir unter Abenteuer vor.«

»Ich gebe dir recht, das war etwas Außergewöhnliches. Diesen Ausblick hast du bei keinem der hohen Hotels hier.«

»Schau Robert, ich habe das vorne mitgenommen. Sie hatten einen Ständer mit Prospekten. Der hier ist von Roberts Christmas Wonderland. Clearwater ist nicht so weit von hier entfernt. Das ist ein Geschäft, wo das ganze Jahr Weihnachten ist. Wollen wir uns das anschauen?«

»Ja das können wir nach dem Essen machen, wenn du möchtest.«

Roberts Christmas Wonderland – Clearwater

Als sie in den Gulf to Bay Blvd. einbogen, konnten sie das Geschäft schon sehen. Das Schild in Form des markanten Weihnachtsbaums konnte man nicht verfehlen.

Als sie das riesengroße Geschäft betraten, verschlug es ihnen die Sprache. Weihnachtsartikel wohin das Auge schaute. Gleich am Eingang standen große Glasvitrine mit ganzen Landschaften. Einer Eisenbahn mit Schneelift. Die Bauarbeiter bewegten sich bei der Arbeit. Kinder schaukelten auf einer Wippe. Ein Fotograf blitze beim Fotografieren. Das alles interessierte besonders Robert. «Wie sie das alles beweglich hinbekommen haben», staunte er. Da wird ein Mann wieder zum Kind, überlegte sich Rosi. Der Baumbehang mit lustigen Figuren hatten es Rosi angetan. Wunderschöne Baumteppiche gab es. Im hinteren Raum war ein Wald von künstlichen Tannenbäumen. Jeder Baum war anders dekoriert. Zwischen den Bäumen standen große Gartenfiguren. Eine Krippe war auch vorhanden. Dort sahen sie viele Lichterketten, in den verschiedensten Motiven. Manche fand Rosi sehr schön und mache kitschig. Davon konnte sie nichts mit nach Deutschland nehmen, das scheitert an die unterschiedliche Stromversorgung. Amerika hat nur 110 Volt.

»Jetzt wundert es mich nicht mehr, warum die Amerikaner so viel Weihnachtsklimbim in ihren Gärten haben.«

Man hörte auch viele unterschiedliche Sprachen.

Robert lachte. »Das ist genau das Geschäft für meine liebe Frau.«

»Robert, ich habe noch nie so ein großes Weihnachtsgeschäft gesehen. Wir haben jetzt Mai und der Laden ist voll.«

»Robert, hier gibt es viele Sachen, die haben wir in Deutschland nicht.«

»Ich kenne so ein ähnliches Geschäft in Neustadt bei Weiden in der Oberpfalz und in Tauberbischofsheim in Baden-Württemberg ist auch eins. Dort können wir einmal hinfahren.«

»Ja gerne.«

Rosi kaufte einige Sachen ein. Eine volle Tüte war es schon. Robert schmunzelte. Er sah aber auch Sachen für die Kinder.

Am nächsten Tag wollten sie sich am Strand ausruhen. Lange hielten sie es nicht aus. So bummelten sie in einer Mall, das ein sehr großes Einkaufszentrum war. Da alles klimatisiert ist, war sogar ein Shoppingtag angenehm. Sie kauften einige Kleidungsstücke und setzten sich anschließend in ein Café.

„Rosi, ein Bekannter erzählte mir wir müssten einmal in ein All-you-can-eat Restaurant. Möchtest du so etwas mal probieren?«

„Wir können es gerne versuchen. Das scheint ein Buffet zu sein.«

»Ganz in der Nähe ist das Golden Corral, dort traten sie zum Abend ein. Sie brauchten nur $8 pro Person zu bezahlen. Sie schauten sich erst alles an. Rosi wollte es nicht glauben, wie viel sehr beleibte Leute dort essen gingen. Sie störte das nicht, wenn jemand korpulent ist, aber was sie hier sah, übertraf alles. Sie wählten ein paar Speisen auf ihren Teller und setzten sich auf ihren zuvor zugewiesenen Platz. Lustlos stocherte Rosi in ihr Essen. Sie war geschockt, als sie das Essverhalten der Amerikaner sah. Sie luden sich die Teller voll, dass es für eine ganze Familie reichte. Auf dem Nebentisch sah sie, wie eine Mutter mit ihren zwei Kindern jeweils 2 Teller volllud.

»Robert schau dir das mal an. Wie viel Lebensmittel hier fortgeworfen wird.« Wenn man seinen Teller gegessen hatte, kam die Bedienung und gab neue Teller aus.« Die Amerikaner aßen ihre Teller nie auf, sondern ließen sich neue Teller geben. Der Rest wurde abgeräumt und fortgeworfen.

Als Rosi sah, dass Robert aufgegessen hatte und nicht noch mehr wollte, fragte sie ihn, ob sie gehen könnten.

»Oh mein Gott, Robert, hast du diese Massen gesehen? In der Welt hungern so viele Menschen und hier landet so viel in den Müll. Das ist die negative Seite von Amerika.«

»Ich gebe zu, dass ich so etwas vorher noch nie sah. Nein, das ist auch nicht meine Welt.«

Das kleinste Postamt der Welt

Am nächsten Tag, fuhren sie in die Everglades und verfehlten das kleinste Postamt nicht. Sie liefen an den Schalter und kauften Ansichtskarten und Briefmarken. Das Haus war wirklich nicht viel größer als eine Gartenhütte. Davor war ein großes Schild, worauf – United States Post Office, Ochopee Florida – stand«. Seitlich vom Postamt stand ein großes Schild mit seiner Bedeutung:

Dieses Gebäude, dass das kleinste Postamt in den Vereinigten Staaten darstellt, war früher ein Bewässerungsrohrschuppen, der zur Tomatenfarm der J. T. Gaunt Company gehörte. Es wurde eilig von Postmeister Sidney Brown in Dienst gestellt, nachdem ein katastrophales Nachtfeuer 1953 Ochpees Gemischtwarenladen und Postamt verbrannt hatte. Die heutige Struktur ist seitdem ununterbrochen in Betrieb - sowohl als Postamt als auch als Fahrkartenschalter für den Busparkplatz Trailways, einschließlich der Lieferungen an die in der Region lebenden Siminole- und Miccosukee-Indianer. Das tägliche Geschäft beinhaltet oft Anfragen von Touristen und Briefmarkensammlern auf der ganzen Welt für die berühmte Ochopee Postmarke. Das Anwesen wurde 1992 von der Familie Wooten erworben.

Heute gilt es als das kleinste Postamt der Welt. Viele Touristen kamen hier her und bestaunten die Richtigkeit der Angaben. Man konnte dort alles erledigen, wie in einem großen Postamt. Von diesem Postamt gab es überall Ansichtskarten.

Alligator und Airboot Tour

Rosi und Robert fuhren weiter, um bei der Alligator- und Airboot Tour mitzumachen. In dem Mangroventunnel sahen sie Waschbären, die sich dort tummelten. Sogar kleine Babys waren unter ihnen. Mama Waschbär passte gut auf ihre Jungen auf. Der Sprecher wies darauf hin, sie nicht zu füttern, dass es Wildtiere sind und ihr Biss kann sehr schmerzhaft sein. Weiter hinten sahen sie Wildschweine. Sie fuhren weiter zu den Alligatoren, die sich scheinbar lustlos im Wasser treiben ließen. Ein Mitarbeiter der Tour fing an sie mit Brot zu füttern und man konnte sehen, wie der Alligator blitzschnell sein Maul schloss. Da wollte sich niemand vorstellen, wenn er ein Arm oder Bein erwischt.

Rosi drückte sich an Robert, sah aber sehr interessiert zu. Man erklärte ihnen, dass in den Seen der Siedlungen Alligatoren lebten. Wenn sie zu groß sind, werden sie gefangen und hier her in die Everglades gebracht. Manchmal kann man sie auf dem

Hänger der Alligator-Rettung sehen. Sie sind nicht selten über 3m lang. Die Bewohner Floridas haben keine Angst, jeder kennt die Telefonnummer. So manchen Alligator haben sie aus Schwimmingpools geholt. Sie werden niemals getötet, sondern kommen, für sie in sichere Gewässer. Das kann Artenschutz bedeuten.

Rosi und Robert waren sehr angetan, von dieser Fahrt. Nach der Fahrt wollten sie Essen gehen und man bot Alligator Schwänze an. Rosi konnte das nicht essen, nicht nach dieser Fahrt. An dem Tisch, wo sie saßen, sagte ein Mann, sie würden wie Hähnchen schmecken. Auch Robert wählte lieber doch ein Steak.

»Robert die Fahrt war einfach super. Der Fahrtwind auf dem Airboot war angenehm.«

»Ja Rosi, das hat mir auch sehr gut gefallen. Was steht noch auf dem Programm?«

»Für heute nichts mehr, das war schon mehr als genug. Es dauert eine Weile, bis wir wieder in St. Petersburg sind.«

Zwei Tage ruhten sie sich aus, liefen am Strand entlang. Die Strände waren nie voll. Das verwundete sie. Im Horizont sahen sie eine Gruppe und Stühle. Sie liefen weiter und sahen, dass es sich um eine Hochzeit handelte. Weiße Stühle standen im Sand. In ausreichendem Abstand blieben Rosi und Robert stehen und so konnten sie die Hochzeit miterleben. Das hat ihnen gefallen, warum nicht mal am Strand heiraten?

Tresure Island

Es war ihre letzte Woche Tag in Florida. Es stand Tresure Island auf dem Programm. Ein altes Hafenviertel. Sie schlenderten auf dem Pier von John's Pass Village & Boardwalk. Sie sahen Fischerboote die ihren Fang ausnahmen. Darauf warteten die Pelikane die auf dem Pfeiler saßen. So wurde ihnen alles »mundgerecht« serviert. Rosi gefiel nicht, dass die Fischer ihre großen Fische zur Schau stellten, oder besser hängten. Robert versuchte es ihr zu erklären:

»Für die Amerikaner ist das Fischen zum Hobby geworden. Das lernen die Jungs schon sehr früh. Darum haben sie keine Berührungsängste. Und mit dem »Zurschaustellen«, damit zeigen sie ihren Stolz, so einen großen Fisch gefangen zu haben.

Auf diesem Steg sahen sie die Zugbrücke. Immer, wenn ein großes Schiff oder Segler kamen, musste die Zugbrücke geöffnet werden. Zum Mittagessen kehrten sie im »Friendly Fisherman Seafood Restaurant ein. Es wurde 1978 gegründet. Sie aßen dreierlei Fisch mit Gemüse und Kartoffeln. Rosi bekundete, noch nie einen besseren Fisch gegessen zu haben. Am Nebentisch saß ein Ehepaar, mit denen sie ins Gespräch kamen.

»Waren sie schon in Siesta Key? Das ist in Sarasota, nicht so weit von hier. Der Strand wird Ihnen gefallen. Dieser Sand wird niemals heiß. Das hat etwas mit den Quarzen zu tun. Wenn man auf ihm läuft, meint man, es wäre Puderzucker, so fein ist er. Wenn Sie noch Zeit haben, schauen Sie sich das noch an.« Rosi bedankte sich für den Tipp.

Sie schlenderten zu den kleinen Geschäften. Es gab viel zu sehen. Kerzen mit wunderschönen Motiven, wenn man sie anzündet, wirkt es so, als ob die Landschaft darauf lebt. Viele Erzeugnisse des Meeres. Als letztes Geschäft war der Engelladen.

»Robert hier ist ein Engel schöner als der andere. Kleine Große, alle Formen. Ich habe noch nie so viele Engel in einem Geschäft gesehen. Nur schade, dass Deutschland so etwas nicht hat. Ich werde einen Engel für Rita und Manuel mitnehmen.«

»Und vergiss dich nicht«, rief Robert. Beide lachten.

»Wie könnte ich mich vergessen?«, stupste sie Robert an. Als jeder Engel zwei- drei Mal begutachtet wurde, ging Rosi mit ihrer Ausbeute zur Kasse.

Ein schöner Tag ging seinem Ende zu. Im Hotelzimmer wurden die Einkäufe begutachtet.

»Rosi, wir haben Morgen einen Tag für Unternehmungen, wollen wir vielleicht nach Sarasota an den Strand. Wie hieß er doch gleich? Ach ja Siesta Key. Schau doch mal in deine Unterlagen, was dort beschrieben wird.«

»Ja gerne schaue ich nach.« In der Zwischenzeit orderte Robert ihr Abendessen, was sie auf dem Zimmer zu sich nehmen wollen.

»Wo haben wir es denn, hier steht es.«
Siesta Key Beach ist ein Strand in Siesta Key. Der Sand ist 99% reiner Quarz (Silica Sand), weich und kühl an den Füßen.

Im Gegensatz zu Stränden an anderer Stelle, die zum größten Teil aus pulverisierten Korallen sind, ist der Siesta Beach Sand aus 99% Quarz. An den heißesten Tagen ist der Sand so reflektierend, dass er sich unter den Füßen kühl anfühlt. Es wird geschätzt, dass der Sand am Siesta Beach und Crescent Beach auf Siesta Key Millionen Jahre alt ist, hat seinen Ursprung in den Appalachen (bewaldetes Mittelgebirge im Osten Nordamerikas) und die Flüsse fließen von den Bergen nach unten, bis sie schließlich am Ufer des Siesta Keys gelangt sind.

»Das hört sich gut und interessant an. Es soll nur eine Stunde Fahrt sein.«

Am nächsten Morgen fuhren sie los mit ihren Badesachen im Kofferraum. Als sie in Siesta Key ankamen, war es schon sehr heiß. Es waren genügend kostenlose Parkplätze vorhanden. Rosi und Robert waren erstaunt, dass der Beachsand so weiß war. Rosi zog ihre Schuhe aus.

»Das stimmt wirklich Robert, der Sand ist nicht heiß. Er wirkt sogar etwas kühl. Schau wie er durch meine Hand rieselt. Wie Puderzucker.«

»Das habe ich noch nie erlebt, Rosi. Ich finde das fantastisch.«

Sie blieben den ganzen Tag am Beach. Durch die vielen Stände mit Fast Food mussten sie kein Hunger leiden. Müde aber glücklich kehrten sie abends in ihr Hotelzimmer zurück. Sie haben eine schöne Farbe bekommen. Dank Rosis Fürsorge bekamen sie keinen Sonnenbrand.

St. Augustine

A m nächsten Morgen nach dem Frühstück fuhren sie nach St. Augustine. Rosi las aus ihren Unterlagen vor:

St. Augustine ist eine Stadt an der Nordostküste Floridas. Sie erhebt Anspruch darauf, die älteste Stadt der USA zu sein und ist für ihre spanische Kolonialarchitektur und ihre Strände am Atlantik wie den Sandstrand St. Augustine Beach und den ruhigen Crescent Beach bekannt. Der Anastasia-State-Park ist ein Schutzgebiet für Wildtiere. Das Castillo de San Marcos ist eine aus Stein erbaute spanische Festung aus dem 17. Jahrhundert.

The Fountain of Youth

Der Jungbrunnen bietet den Besuchern die Möglichkeit, Geschichte an dieser wichtigen archäologischen Stätte zu erfahren und von den berühmten Quellen zu trinken. Es ist ein wunderschöner Ort zum Entspannen. Probieren Sie das Wasser aus der natürlichen Quelle (Ponce de Leon legendären Jungbrunnen?)

»Das hört sich gut an«, meinte Robert,

»Wollen wir mit dem Fountain of Youth beginnen?«

»Ja sehr gerne.«

Robert musste lachen. »Lass uns in dem Jungbrunnen baden.« Rosi stimmte mit ein. Nach knapp 4 Stunden kamen sie in St. Augustine an. Robert folgte dem Weg zum Fountain of Youth. Als sie ausstiegen merkten sie schon ihre Knochen. Sie reckten und strecken sich. Rosi meinte:

»Jetzt haben wir den Jungbrunnen nötig.«

Der Park gefiel ihnen. Es waren mehrere kleine Automaten mit Futter für die Tiere. Rosi zog gleich eine Tüte mit Futter, kaum hatte sie die, kamen ihr schon die Eichhörnchen zugelaufen. Rosi fand das entzückend.

»Na du kleiner, hast du Hunger?«

Schon kam er und nahm die Nuss aus Rosis Hand.

»Schau doch nur Robert, das habe ich noch nie erlebt. Sind die putzig.«

Ein sehr mutiges Eichhörnchen kam und wollte Rosis Hand aufhaben. Vor Schreck machte Rosi die Hand auf und alles fiel herunter. Blitzschnell kamen noch andere Eichhörnchen und nahmen das ganze Futter mit.

Rosi lachte und freute sich, weil Robert die Szene aufnahm. Als sie weiterliefen, sahen sie schon von weitem, dass dort 3 schneeweiße Pfauen waren. Sie liefen umher. Rosi und Robert schauten eine ganze Weile zu und auf einmal stellte sich ein Pfau in Positur und öffnete sein Rad. Es ging ein Raunen durch die Leute, die das sahen. Auch Rosi war total entzückt.

Ergriffen flüsterte sie: »Ach wie wunderschön. Robert, ich sah zuvor keine weißen Pfauen.« Nach einer Weile nahm der Pfau seine normale Gestalt wieder an und pickte nach Futter.

Auf ihrem Weg kamen sie zum Jungbrunnen. Ein Schild gab Auskunft:

Der Jungbrunnen

- Diese Quelle wurde 1513 entdeckt und wurde ein Wahrzeichen mit einem spanischen Zuschuss. -

An der Seite standen kleine Trinkbecher. Rosi nahm zuerst von dem Wasser, Robert folgte ihr. Er füllte sein Becher gleich zwei Mal. Rosi schmunzelte.

»Na das muss helfen.«

Sie fuhren weiter zur Altstadt. Die gefiel beiden. Rosi war hin und weg. Genauso hatte sie sich eine Altstadt vorgestellt. Viele kleine Geschäfte. Sie konnte hier kleine Geschenke für die Familie erstehen. Sie kehrten in einem Café ein und bestellten sich Cappuccino und aßen ein Stück Kuchen. Rosi taten die Beine weh vom vielen Laufen. Robert musste öfters zur Toilette. Rosi mutmaßte, dass es an dem Jungbrunnen lag. Sie hatte nicht diese Probleme, und so machten sie ein paar Witze darüber. Sie machten sich langsam auf dem Weg nach Hause. Nach der 4 Stunden Autofahrt fielen beide ins Bett und schliefen augenblicklich ein. Drei Tage später flogen sie wieder nach Deutschland. Das war ein turbulenter Flug. Die Passagiere mussten fast den ganzen Flug angeschnallt bleiben. Sie wurden ordentlich durchgeschüttelt. Selbst Rosi, die schon viele Flüge hinter sich hatte, schaute etwas ängstlich. Robert standen kleine Schweißperlen auf der Stirn. Robert nahm Rosis Hand zur Beruhigung. Sie flogen durch eine Gewitterfront. Die Durchsage des Piloten stimmte die Passagiere auch nicht froh. Durch das rütteln der Maschine konnte man kaum etwas hören. Es wurden auch keine Getränke ausgeschenkt und Kinder weinten. Rosi beichtete:

„Ich wollte schon immer durch ein Gewitter fliegen und die Blitze sehen. Das es dieses Ausmaß annehmen könnte, dachte ich nicht." Robert schmunzelte. Rosi hatte einen Fensterplatz und sah durch die dunklen Wolken, dass ein Blitz in die rechte Tragfläche einschlug. Sie wusste aber auch, dass es nicht gefährlich werden kann. Der Blitz tritt beim Rumpf wieder aus, ohne für die Technik im Flugzeug dramatisch zu werden. Robert bestätigte das, weil er es schon früher gelesen hat. Für die Passagiere bestand zu keiner Zeit Gefahr. Nach ein paar Stunden wurde es wieder ruhig und die Getränke konnten verteil werden.

In Deutschland

Wie haben sie sich gefreut, als sie nach Hause kamen. Sie fanden köstliche Lebensmittel im Kühlschrank vor. Es war ein Teller mit kleinen Schnittchen.

„Das war bestimmt Rita", meinte Rosi. So brauchten sie sich nur einen Cappuccino aufzugießen. Mit Appetit aßen sie die Leckereien und fielen dann ins Bett. Morgen wollten sie sich mit den Kindern treffen.

Am nächsten Morgen fühlten sich Rosi und Robert ausgeruht. Nach dem Frühstück riefen sie bei Rita und Manuel an. Zuerst bedankten sie sich für die Köstlichkeiten im Kühlschrank. Sie trafen sich am Nachmittag. Es war Samstag und die Kinder hatten schulfrei. Mit den Geschenken machten sie sich auf den Weg. Sie parkten noch nicht ganz, da kamen ihnen Benny und Melanie entgegen. »Omi, Opi, endlich seid ihr da«, rief Benni.

Rosi öffnete dir Autotür.

»Benni, wie oft habe ich dir gesagt, dass du erst unser Auto stehen sehen sollst, bevor ihr angerannt kommt. Oder willst du eines Tages umgefahren werden?«

»Nein Omi, das wollen wir nicht, aber ich habe dich doch so lange nicht gesehen.«

»Komm her du Racker.« Sie drücken sich und auch Melanie kam zur Oma und Opa. An der Tür stand Manuel und hat das Ganze beobachtet und schaute Benni unwirsch an.

»Ja ich weiß Bescheid Papa, ich versuche mich zu bessern.«

»Das ist gut mein Sohn.« Dann sah er Rosi und Robert an und lächelte.

»Kommt herein ihr Abenteuerer.«

Die Kinder sahen die Tüten und waren aufgeregt.

»Omi und Opi habt ihr uns was mitgebracht?«, riefen sie.

»Na lasst mich mal sehen, was wir hier haben. Benni, ich glaube, das würde dir gefallen.« Hervor zauberte sie zwei Funkgeräte für Kinder. Auf den Geräten war jeweils ein Delfin abgebildet.

»Oh toll«, rief er aus. Durch seinen Blick entging ihm nicht, dass die Batterien vorhanden waren. Sein Vater half ihm bei der verschweißten Verpackung. Dann lief er in sein Zimmer.

»Schau Melanie für ein so zartes Mädchen haben wir das richtige gefunden.« Heraus kam ein Einhorn.

»Oh danke Omi.« Sie drückte das Stofftier-Einhorn an sich.

»Kennst du die Geschichte von dem Einhorn?«, fragte Rosi. Melanie schüttelte den Kopf.

Rosi griff noch einmal in die Tüte und holte ein Buch heraus.

»Schau das lesen wir nachher zusammen«, sie zwinkerte mit den Augen. Es handelt sich um das Märchen vom Einhorn. Rosi las nur die Buchrückseite vor:

Drei Brüder machen sich gemeinsam auf den Weg, das sagenumwobene Einhorn zu fangen. Doch bereits unterwegs finden die beiden älteren Brüder ihr Glück und sind damit zufrieden. Der Jüngste allerdings zieht weiter, durch Feuer und

Wasser, durch Nacht und Eis, um seinen Traum vom Einhorn zu erfüllen. Als er schließlich ein Blick auf das edle Tier wirft, erschaudert er und senkt sein Schießgewehr zu Boden. Er kehrt um, als zufriedener und erfüllter, wenngleich nicht reicher Mann.

»Au ja Omi lies es mir vor.«

Auch für Rita und Manuel gab es ein Geschenk.

»Stellt euch vor, mein Wunsch ist in Erfüllung gegangen, wir sind durch ein Gewitter geflogen. Es war nicht immer toll, gebe ich zu, denn das Flugzeug wurde ganz schön durchgeschüttelt. Die Ansage von dem Piloten, konnte man kaum verstehen. Ich schaute genau im richtigen Moment aus dem Fenster, ich sah wie ein Blitz in der Spitze der Tragfläche einschlug.«

Rita und Manuel schauten sich erschrocken an.

Aber auch Robert erklärte:

»Keine Angst, da kann nichts passieren, weil das Flugzeug wie ein Faraday'scher Käfig funktioniert.«

Niemand merkte das Benni heruntergekommen ist. Er fragte:

»Was ist ein Faradischer Käfig?«.

Robert schmunzelte.

»Du meinst ein Faraday'scher Käfig Da ist eine allseitig geschlossene Hülle aus einem elektrischen Leiter. Das kann ein Drahtgeflecht sein, oder wie ein Flugzeug aus Blech. Das ist eine elektrische Abschirmung. Schlägt ein Blitz zum Beispiel in ein Auto oder ein Flugzeug ein, bleiben Personen im Innenraum ungefährdet, weil die elektrische Feldstärke im Innenraum erheblich geringer ist, als im Außenraum. Es kann also nichts passieren.

Wir haben beobachtet, dass der Pilot tiefer flog um die Gewitterfront zu umfliegen. Hat wohl nicht gereicht.«

Rosi meinte: »Ich muss euch sagen, was wir in St. Augustine gesehen haben, grenzt schon an ein Wunder. Dort waren schneeweiße Pfaue. In dem Moment als wir dort waren, schlugen sie ihr Rad.

Den Haag

Ein paar Monate später. Rosi und Robert wollten keine große Reise unternehmen, die Niederlande hatte es Ihnen angetan. Sie brauchten nicht weit fahren. Sie wollten sehen, was sie so erleben. Sie buchten das Park Hotel in Den Haag. Wie immer fand Rosi so einiges Wissenswerte in ihren Unterlagen, die sie sich besorgte. Rosi interessierte sich für den Königspalast.

Das Parkhotel Den Haag begrüßt Sie im Herzen der Stadt, direkt neben den Gärten des königlichen Palastes Noordeinde. Das 4-Sterne-Hotel bietet ein exklusives Art-déco-Ambiente und geschmackvoll gestaltete Zimmer. Das morgendliche Frühstücksbuffet umfasst warme und kalte Speisen. Die Speisekarte des Zimmerservices wechselt regelmäßig mit der Jahreszeit und verwöhnt Sie mit Gerichten aus aller Welt.

In der unmittelbaren Umgebung des Parkhotels Den Haag finden Sie edle Haute-Couture-Boutiquen, Antiquitätenläden, kulturelle Angebote und zahlreiche gehobene Restaurants. Das freundliche Personal ist jederzeit gern behilflich, um Ihren Aufenthalt so angenehm wie möglich zu gestalten. Das Parkhotel Den Haag liegt nur 15 Minuten mit der Straßenbahn vom Strand von Scheveningen entfernt. Leihen Sie in der Unterkunft ein Fahrrad aus.

Wir sprechen Ihre Sprache!

Rosi lächelte. »Woher wissen sie, welche Sprache ich spreche?« Dann las sie weiter vor?

Den Haag ist eine Stadt an der Nordsee und liegt im Westen der Niederlande. Der im gotischen Stil erbaute sogenannte Binnenhof ist ein Gebäudekomplex und Sitz der niederländischen Regierung. Der Paleis Noordeinde aus dem 16. Jahrhundert ist Regierungssitz der königlichen Familie.

»Ich möchte gerne Madurodam, die Miniaturstadt besichtigen. Das interessiert uns beide«, mutmaßte Robert.

»Oh ja, das tut es. Da muss man bestimmt aufpassen, wo man hintritt. Man fühlt sich als Riese. Schau mal hier Robert, da möchte ich hin. Das wäre ein tolles Erlebnis.«

Den Haag ist eine Stadt, wo Sie der königlichen Familie auf der Straße oder in einem „ihrer" Läden begegnen können. An vielen Orten der Stadt kommen Sie mit den Oraniern in Kontakt: dank vieler historischer Monumente, der Wohn- und Arbeitspaläste, königlichen Routen und Kutschen.

»Wie schön, wenn man die königliche Familie aus der Nähe treffen könnte. Wie ich hörte, zeigen sie sich gerne, bis auf Beatrix. Sie ist 80 Jahre alt. Da will man nicht in die Öffentlichkeit. Viele Niederländer sind ihrer Monarchie treu.«

Sie begaben sich auf die 6 ½ stündige Autofahrt. Da sie sich Zeit ließen, kamen sie, erholt in Den Haag an. Das Parkhotel war schnell gefunden. Das Check-in ging zügig. Die Zimmer ansprechend und groß. Das Bett war höher, als sie es von Deutschland kannten. Das tat ihren müden Knochen gut. Visavis vom Bett stand ein Tisch und zwei Stühle. Ein Fernseher befand sich schräg gegenüber in dem Schrank. Man brauchte nur die Türen zu öffnen.

Am nächsten Tag führte ihr Weg zum Binnenhof, Herz der niederländischen Demokratie und das Palais Noordeinde, dem Amtssitz der niederländischen Monarchie. Leider haben sie niemand von der Königsfamilie erblicken können.

Sie staunten, wie viele Schlösser die Familie besitzt. Einige wurden zu Museen umfunktioniert.

Der Besuch nach Madurodam die Miniaturstadt war Pflicht. Darauf freuten sie sich schon. Es war belustigend durch die Stadt zu laufen und größer als die Kathedrale zu sein. Zu Recht ist das Madurodam als eine der größten Attraktion der Niederlande. Robert war begeistert. »Sie haben die Architektur originalgetreu nachgebaut. Jedes Detail stimmt.«

»Aha da spricht der Profi. Du hast recht Robert, diese Arbeiten kann man nur loben. Vor allem muss man Geduld haben, das so hinzubekommen.«

Banküberfall

Nach dem Madurodam wollten sie Essen gehen und Robert lief zum Bankautomaten, um Geld abzuheben. Er sah, dass der Geldautomat defekt war und er gab Rosi ein Zeichen, dass er in die Bank hineingehen wolle. Rosi saß noch im Auto und wartete. Es dauerte ihr zu lange. Sie verstand nicht, warum Robert so lange brauchte. Sie stieg aus um nach ihm zu sehen. Sie überlegte, ob er seine Pin Nummer vergessen hatte. Da sah sie einen jungen Mann mit einer Pistole herumfuchteln. Wutentbrannt ging sie auf ihm zu. Angst schien sie nicht zu haben. Robert wollte noch etwas sagen, aber sah ein, dass sie ihn jetzt sowieso nicht hören würde. Dann vernahm er, wie sie wütend zu sprechen anfing.

Wat stel je je voor om mensen hier bang te maken? Laat ze naar buiten komen. Helemaal in hun geweer als ze tegen me praten. Weet haar moeder wat ze hier doet? Laat ze verdwijnen.

Robert hatte Angst um seine Frau. Warum sprach sie Holländisch? Der Bankräuber wechselte die

Gesichtsfarbe, denn er hatte nur eine dunkle Brille auf. Ansonsten war er schwarz gekleidet. Man konnte sehen, dass er nervös wurde, den Revolver fallen ließ und aus der Bank genau in die Arme der Polizei rannte. Robert kam sofort auf Rosi zu und die anderen Leute applaudierten über Rosis Courage.

»Mein Gott Rosi, weißt du wie gefährlich das war, was du getan hast? Was hast du ihm erzählt«

»Ich habe ihn gedroht es seiner Mutter zu sagen, wenn er nicht augenblicklich die Waffe herunter tut. Na ja und noch einiges.«

»Ich wusste nicht, dass du die Sprache verstehst.« Robert war noch am Zittern, so regte ihn das auf.

»Meine Oma war Holländerin, daher war mir die Sprache nicht fremd.«

Mehrere Polizisten kamen in die Bank. Sie ließen keine Kunden mehr in die Bank. Die Bankangestellte erzählte, was hier vorging. Und der Hauptwachtmeister schüttelte den Kopf und kam auf Rosi zu. »Gnädige Frau, wir können uns in Deutsch unterhalten. Mein Name ist Bert. Was haben Sie sich dabei gedacht, sich so in Gefahr zu begeben«

»Nun, Sie glauben doch nicht, dass ich meinen Mann erschießen lasse. Oder gar diese Frau.« Dabei zeigte sie auf eine ältere Dame, die noch auf dem Boden saß. »Außerdem wusste ich doch, dass die Bank einen Notfallknopf hat, um Sie zu verständigen. Was auch Geschah. Der Bankräuber erschien mir mehr als ein grüner Junge«, lächelte sie.

»Auch grüne Jungs können schießen und seine Waffe war scharf«, warf der Polizist ein.

Mittlerweile war die Presse vor der Bank und die Leute draußen diskutierten, was eine Deutsche Frau für einen Mut zeigte.

»Kann ich bitte ihren Ausweis sehen?«, verlangte der Polizist von Rosi.

»Aber gerne doch«, sie gab ihm den Ausweis.«

Frau Becker, bitte halten Sie sich für eine weitere Befragung bereit. Wie lange gedachten Sie in Holland zu bleiben?«

»Vier Tage«, antwortete Rosi.

»Sie habe viel Courage gezeigt, aber bitte, das nächste Mal ein bisschen Rücksicht auf Ihre Person nehmen«, schmunzelte der Polizist.

»Sollen wir Ihnen Geleitschutz geben? Draußen wird die Presse auf Sie warten.«

»Nein, mit denen werde ich schon fertig«, lachte Rosi. Zu Robert gewandt sagte sie: »Lass uns gehen, ich sterbe vor Hunger.« Der Bankchef kam auf Rosi zu:

»Gnädige Frau, ich möchte mich bei Ihnen herzlich bedanken, wie sie mit dem Kerl umgegangen sind, war schon Klasse. Wo haben Sie ihren Mut hergenommen, wenn ich fragen darf?«

»Was soll ich Ihnen sagen, ich habe zwei Kinder, die auch nicht immer leicht waren. Da lernt man so etwas. Ich wusste doch, die meisten Kerle sacken in sich zusammen, wenn ich mit ihrer Mutter drohe. Wie sie sehen, hat das geklappt.

»Ach ja Robert, hast du jetzt Geld geholt?« Die ganzen Leute in der Bank lachten. Viele verstanden deutsch.

»Nein mein Schatz, da kam mir der junge Mann dazwischen. Ich werde es gleich nachholen.«

Der Bankdirektor kam noch einmal zu ihnen.

»Frau Becker, Herr Becker, bitte erlauben Sie mir die Rechnung für ihr Mittagessen zu bezahlen. Hier haben sie einen Gutschein, mit dem sie überall bezahlen können. Das ist das Mindeste, was ich für Sie tun kann.«

»Oh vielen Dank, das ist aber nicht nötig«, meinte Rosi.

»Doch doch, nehmen Sie ihn nur. Ich wünsche Ihnen guten Appetit.«

Als sie auf die Straße kamen, klicken Fotoapparate und Kameras. Jeder wollte ein Interview mit Rosi haben.

»Was haben Sie zu dem Bankräuber gesagt, er wurde zitternd abgeführt.«

»Nicht viel. Was er sich einbildet, hier die Leute zu erschrecken. Dass er sich aus der Bank scheren soll, oder ob ich seiner Mutter sagen soll, was er hier tut.«

»Sie zeigen viel Courage, hatten sie keine Angst?«

»Dazu hatte ich keine Zeit. Ich wollte Tote vermeiden. So nun entschuldigen Sie uns bitte, wir

» haben noch einen Termin.« Jeder machte den Weg frei, als sie zu ihrem Auto liefen.

Eine Reporterin sprach noch ein paar Schlussworte in die Kamera.

Rosi und Robert kehrten ins Hotel zurück, wo sie Essen wollten. Zuvor gingen sie auf ihr Zimmer machten sich frisch. Nach einer Stunde gingen sie hinunter und ließen sich einen Platz zeigen. Im Hotelrestaurant stand ein Fernseher. Rosi schätzte es nicht, dass sie beim Essen mit Nachrichten berieselt wird. Es kamen die 18 Uhr Nachrichten und gleich als erstes sah sie sich mit Robert. Es wurde groß berichtet. Als Überschrift war zu lesen: Wie couragiert kann eine Frau sein. Dann kam die Reporterin in die Kamera und berichtete über den versuchten Bankraub. Was Rosi sagte, wurde Wort für Wort wiedergegeben. Robert verstand die Worte nicht, er schaute Rosi fragend an.

»Jetzt übertreiben sie aber«, meinte Rosi. Sie übersetzte alles für Robert.

»Sie haben recht, du bist sehr couragiert. Hattest zu keiner Sekunde Angst, was passieren könnte?

Ich habe die größten Ängste um dich ausgestanden.«

Nein, weißt du, ich habe zwei Kinder und Manuel hatte eine schreckliche Lehrerin. Vor ihr musste ich mich behaupten, immer wieder. Da verliert man die Angst.«

Die Bedienung kam an ihrem Tisch und sah sie bewundernd an und fragte nach ihren Wünschen. Sie bestellten die Getränke und das Essen, was ganz hervorragend schmeckte. Als Robert bezahlen wollte, lehnte die Bedienung ab: »Keine Sorge, das geht auf unser Haus, soll ich Ihnen ausrichten. Sie haben das mit der Bank ganz toll gemacht«. Rosi verschlug es die Sprache. Ihr blieb nur, sich zu bedanken. Am nächsten Tag, stand es in allen Zeitungen, was eine Deutsche für ein Mut bewies.

»Ach Gott oh Gott«, meinte Rosi.

»Ja ich habe jetzt eine berühmte Frau.«

»Ach erzähle keinen Mist«, lachte Rosi. Sie schauten sich weiter die Stadt an und von einzelnen wurde sie angesprochen. Sie wurde auf der Straße erkannt.

Als sie am folgenden Tag abends ins Hotel kamen, wurde ihr ein Umschlag überreicht. »Das wurde bei uns für Sie abgegeben«, lächelte die Dame an der Rezeption.

Als sie im Zimmer waren, fiel Rosi der elegante Briefumschlag auf. Hinten hatte er eine Krone eingeprägt. Mit zitternden Händen macht sie den Brief auf, und las unter Tränen die Zeilen.

Seine Majestät .... gibt sich die Ehre Sie am .... zu empfangen. Sie werden um .... abgeholt.

»Oh mein Gott Robert, was soll ich nur tun?«

»Ganz einfach mein Schatz, hingehen.«

»Ich weiß nicht, wie man sich dort benimmt. Das ist nicht meine Liga.«

»Bleib du selbst, dann kann nichts schief gehen.«

»Ach du Schreck, das ist ja schon Morgen. Kommst du mit mir?«

»Das geht leider nicht, schau, dort steht nur dein Name. Ich werde dich hier erwarten. Ich weiß, das schaffst du.«

Am nächsten Tag war Rosi nervös. Es wird wohl nicht jeder so eingeladen. Auf der anderen Seite war sie stolz. Am frühen Vormittag rief die Rezeption an und teilte ihr mit, dass eine Frau auf sie unten wartet. Sie kannte hier niemanden und fragte sich, was die Frau von ihr will? Sie fuhr mit dem Aufzug herunter und erblickte eine ärmlich gekleidete Frau. Sie war vom Aussehen ca. 50 Jahre alt. Die Dame an der Rezeption deutete auf die Frau. Rosi ging zu ihr und die Frau fing gleich an zu erzählen.

»Ich danke Ihnen, dass sie mich empfangen. Ich bin die Mutter von dem Grünschnabel. Ich weiß nicht, wie mein Junge dazu kam, eine Bank überfallen zu müssen. Wir haben nicht viel, aber wir haben unser auskommen. Ich möchte Sie gerne Fragen, hätten Sie mich wirklich kontaktiert?

»Guten Tag, um ehrlich zu sagen, ich weiß es nicht genau. Ich war nur sehr wütend, weil auch mein Mann in der Bank war. Mein Leben hat mich gelehrt, wie man reagieren sollte. Warum hat ihr Sohn das getan?«

»Ich weiß es nicht. Ich zermartere mir den Kopf darum. Ich komme auf keinen Nenner. Ich bin Ihnen sehr dankbar, dass sie vermutlich eine Bluttat vermieden haben. Es ist in den Zeitungen zu lesen, was sie ihm gesagt haben. Das fand ich klasse. Mein

Sohn bekommt seinen Prozess und ich habe die Hoffnung, dass es ihm eine Lehre war.«

Rosi bestellte zwei Cappuccinos. Sie sprachen noch eine Weile, dann verabschiedete sich die Frau von ihr.

Als sie wieder hoch ins Zimmer kam, wartete Robert beim Lesen auf sie. Er hörte ihr zu und machte sich seine Gedanken. Laut sagte er:

»Die Frau leidet mehr als ihr Sohn, so kommt es mir vor. Im Gefängnis hat der Kerl auf jeden Fall Zeit über seine Tat nachzudenken. Die Polizei hat angerufen, sie benötigen deine Aussage nicht mehr. Ich glaube, die haben alles durch Funk und Fernsehen erfahren.«

»Das freut mich, es ist auch alles gesagt. Vermutlich kommst du noch einmal in die News, wenn du dir die Auszeichnung abholst.«

»Meine Güte, das war doch nichts Weltbewegendes.«

»Doch meine Liebe, das war es schon. Ich habe eine Zeitung zusätzlich gekauft, für die Kinder.«

Pünktlich zur angegebenen Zeit wurde Rosi abgeholt. Zwei Stunden später kam sie zurück.

»Na mein Schatz, wie war es?«

»Wow was ein Prunk und Protz. Er war sehr nett und gar nicht so aristorkratisch. Ich musste nicht aufpassen, was ich sagen kann. Sie dankten mir, das war klar. Und ich habe diese Anstecknadel bekommen mit einem Schreiben. Lese das Mal. Ach ja, seine Frau war auch zugegen. Es war schon interessant zu sehen, wie diese Leute ticken. Jetzt weiß ich auch, warum sie beim Volk beliebt sind. Sie sind volksnah. Davon gibt es nicht mehr viele. Niemand hat verschroben geredet. Ich soll die Spätnachrichten anschauen, meinten sie noch.«

Sie lagen schon im Bett, als die Spätnachrichten kamen. Es wurde wirklich darüber berichtet. Rosi wusste nicht, dass die Presse auch zugegen war.

Robert drehte sich zu Rosi. »Was habe ich doch für eine berühmte Frau«, und gab ihr einen Kuss.

Am nächsten Tag war ihr Reisetag und sie wollten nach dem Frühstück auschecken. Die Dame an der Rezeption sagte ihnen, dass schon alles bezahlt ist. »Ihre Anzahlung haben wir heute zurücküberwiesen.«

»Aber wer zahlte die Rechnung denn?«, fragte Rosi.

»Das darf ich Ihnen leider nicht sagen. Ich hoffe, Sie hatten einen schönen Aufenthalt und besuchen uns bald wieder.«

»Ja herzlichen Dank für alles. Auch an den anonymen Spender.«

Damit gingen Sie ihre Koffer holen. Im Auto erst, fand Rosi die Sprache wieder.

»Robert ich kann das noch nicht alles reflektieren. Sagen wir den Kindern noch nichts, Okay?«

»Ganz wie du möchtest, Rosi.«

Als sie nach Hause kamen, fielen sie ins Bett.

Besuch von der Familie

Am nächsten Morgen zur Frühstückszeit klingelte es an der Haustür. Rita und Manuel standen draußen. Sie hatten Brötchen dabei.

»Was macht ihr denn schon hier«, fragte Rosi.

»Na was wohl, meine berühmte Mutter besuchen«, lachte Manuel.

»Hä was meinst du? Kommt erst einmal rein. Ich mach schnell einen Kaffee.«

»Lass mal Rosi, ich koche den Kaffee«, meinte Rita und lief in die Küche. Robert deckte den Tisch.

»Nun sagt doch mal was los ist«, fragte Rosi. Sie hatte Robert in Verdacht, doch etwas erzählt zu haben. Wann hätte er das tun können, sinnierte Rosi.

Manuel schaute seine Mutter belustigt an. »Warst du das nicht, der einen Bankräuber in die Flucht geschlagen hat?«

»Robert???«

»Nee ich bin unschuldig.«

»Nein, Robert ist wirklich unschuldig. Ich suchte letzte Woche etwas im Internet für einen holländischen Kunden und sah die Abendnachrichten. Was meinst du, was ich da sah? Mir ist das Herz bald in die Hosentasche gerutscht. Kannst du nicht mal deinen Urlaub genießen, ohne spektakuläre Erlebnisse? Und dann hat mich mein Kunde gefragt, ob das nicht zufällig meine Mutter sei. Dann machte er mich auf die Nachrichten aufmerksam, auch da war meine geliebte Mutter abgebildet. Kennst du vielleicht diese Nachricht?«, damit legte er ihr den Zeitungsausschnitt auf den Tisch.

»Ähm, ich wollte eigentlich nicht, dass ihr das schon erfahrt, darum bat ich Robert. Ja das Internet hat gute und schlechte Eigenschaften.
Rita kam mit dem Kaffee und packte die Brötchen aus der Tüte in den Brotkorb. Alle saßen am Tisch. Manuel schaute immer noch seine Mutter an und wartete auf eine Antwort.

»Es hat mir halt zu lange gedauert, weil Robert nicht aus der Bank kam. Der Bankautomat war defekt. Ich hatte Hunger. Da sah ich den Grünschnabel mit der Waffe herumhantieren.«

»Und auf die Idee, er könnte die Waffe benutzen, bist du nicht gekommen?«

»Nö der hatte keine Zeit. Hättest du mal sehen sollen, als ich ihm mit seiner Mutter drohte, ist ihm alles aus dem Gesicht gefallen. Er ließ die Waffe fallen und ist um sein Leben gerannt. In die Arme der Polizei, wo er hingehörte. Manu, in dem Moment denkst du nicht an alles. Wichtig war doch, dass er niemanden verletzen konnte und das hat doch geklappt.«

»Was hältst du von einer Reise in ein Sanatorium, wo du nichts anstellen kannst?«

»Nein lass mal gut sein, das ist nichts für mich. Ein bisschen Action brauche ich schon. Ich bin doch gut getroffen in der Zeitung oder? Außerdem vergisst du, dass dort mein Mann war. Du hättest nichts gemacht, wenn Rita in der Bank wäre?«

»Das ist was anderes«, murmelte Manuel.

»Was sagtest du gerade?«

»Ach Mama, ich verstehe dich auf der einen Seite, aber mir ging es nicht gut, als ich das von dir sah und las.«

»Ich wollte auch nicht, dass so ein Aufheben gemacht wurde.«

»Dann habe ich noch etwas erfahren. Hattest du nicht eine besondere Einladung bekommen?« Lauernd sah er seine Mutter an, aber belustigt. Auch das stand in der Zeitung?

»Aber die letzte Neuigkeit hast du nicht mitbekommen was? Schludern deine Informanten?«, feigste sich Rosi.

»Was kommt jetzt?«, fragte Manuel.

»Das Mittagessen zahlte die Bank und auch das Hotel bekamen wir frei. Die Anzahlung wurde uns zurücküberwiesen. Nur weiß ich nicht, wer sie bezahlte. Das durfte uns das Hotel nicht sagen.«

»Da kannst du sehen Mama, wie deine Tat wertgeschätzt wurde. Dein ruhiges Leben hier wird auch vorbei sein, dieser Artikel kam auch in den deutschen Zeitungen. Wie mutig eine Deutsche war. Die wenigsten von der schreibenden Zunft, sehen, in welche Gefahr du dich begeben hast.«

Manuel hatte recht. In Berlin wurde Rosi vereinzelt auf der Straße angesprochen. Sie hielten sich eine Weile bedeckt, weil sie diese Anteilnahme nicht wollten. Deutsche Zeitungen fragten nach einem Interview. Rosi fand, in der Sache wurde alles schon gesagt und geschrieben. Nach ein paar Monaten war der Spuk vorbei. Rosi und Robert hatten fast ihr altes Leben zurück.

Robert im Krankenhaus

Rosi war bei ihrer nächsten Planung, als sie einen Anruf erhielt. Es war das Krankenhaus, sie wollten ihr mitteilte, dass ihr Mann Robert einen kleinen Unfall hatte und hier in der Aufnahme liegt. Ganz aufgelöst war Rosi, denn sie wartete auf die Brötchen, die er beim Bäcker kaufen wollte. Sie nahm an, dass er einen Bekannten traf. Schnell packte sie ein paar Sachen zusammen. Sie beide waren bisher bei bester Gesundheit. Darum konnten sie die vielen Reisen genießen. Rosi rief geschwind Rita an um ihr die Nachricht zu übermitteln.

»Rosi, bleib wo du bist, ich hole dich ab und fahre dich in die Klinik.«

Rita kam auch schnell, weil sie wusste, ihre Schwiegermutter ist ungeduldig. Sie fuhren in die Klinik und mussten dort fast 2 Stunden warten. Robert war im OP.

»Das es so schlimm ist, dass er operiert werden muss, verstehe ich nicht.«

»Rosi lass uns abwarten, was der Arzt sagt.«

Zwanzig Minuten später kam ein Arzt auf sie zu:

»Sind sie Frau Becker?«

»Ja wie geht es meinem Mann?«

»Der Eingriff war erfolgreich. Wir mussten ihn operieren, weil sich ein Stück Knorpel löste. Ihr Mann hatte sich eine komplizierte Ellenbogenfraktur zugezogen Wir konnten das in einer minimal-invasiven Operation beheben. Ihr Mann muss seinen Arm schonen Je nachdem wie sich ihr Mann an unsere Empfehlung hält, dauert es einige Wochen. »Herr Doktor, was ist passiert? Ich verstehe das nicht.«

»Wie ihr Mann uns erzählte, wurde er von einem Auto angefahren. Mehr kann ich Ihnen zurzeit nicht erzählen.«

»Kann ich zu meinem Mann?«

»Ja, jetzt liegt er in seinem Zimmer. Es ist die Nummer 312.«

»Haben Sie vielen Dank.«

Sie suchten die Nummer 312 und klopften an.

Robert lächelte ein bisschen.

»Hey, was machst du denn für Sachen, wolltest du mich verhungern lassen?«, fragte Rosi scherzhaft.

»Hallo Robert, du hast uns einen Schrecken eingejagt«, erwiderte Rita.

»Ach ja die Brötchen liegen irgendwo auf dem Bürgersteig, schätze ich.«

»Schatz, wie geht es dir? Hast du große Schmerzen?«

»Ach das geht, als es passierte, da waren die Schmerzen heftig. Der Unfallverursacher ist einfach weggefahren.«

»Ich habe mit dem Arzt gesprochen, wenn du dich an seine Verordnung hältst, bist du bald wieder fit. Weißt du wie lange du im Krankenhaus bleiben musst?«

»Zwei Tage, wenn alles gut läuft.«

So war es auch, nach zwei Tagen kam Robert nach Hause. Schon im Krankenahaus fing die Physiotherapie an. Damit ging die Schwellung schneller weg und somit auch die Schmerzen. Als Robert wieder zu Hause war, wurde er von Rosi verwöhnt und wieder aufgepäppelt. In der

Zwischenzeit suchte die Polizei den Autofahrer, der den Unfall verursachte und Fahrerflucht begann. Die Prellungen an der Hüfte gingen auch so langsam weg. Ansonsten hatte Robert Glück, er hatte keine weiteren Verletzungen. Er trainierte fleißig mit seiner Physiotherapeutin. So war er in 2 Monaten fast ohne Schmerzen.

»Rosi, krank sein, ist nichts für mich. Ich bin froh, dass ich es hinter mir habe.«

»Das glaube ich dir, Robert.«

»Rosi, wie sieht es aus, hast du nicht wieder eine Reise herausgesucht?«

»Bisher hatte ich mich nicht getraut. Ich wollte erst warten, bis du wieder voll einsatzfähig bist«, lächelte sie.

»Ich schaue manchmal bei Jochen Schweizer auf die Website. Er hat tolle Ideen. Da habe ich auch den Trip zu den Rentieren her.

Ich sah unter Städtereisen, Zwei Tage Paris mit nächtlicher Bootsfahrt. Warte, ich hole die Beschreibung.«

Bei Einbruch der Dämmerung steigt ihr auf ein Boot und erkundet das glitzernde Paris von der Seine aus. Die

Sehenswürdigkeiten wie Eiffelturm, Louvre und Notre Dame erstrahlen dabei im Lichterglanz und lassen eure Augen vor Begeisterung leuchten! Für die Nacht ist ein stilvolles Zimmer im zentralgelegenen 3-Sterne-Hotel für euch reserviert.

Begebt euch auf eine nächtliche Erkundungstour durch Paris und strahlt bei eurer romantischen Bootsfahrt mit dem Mond um die Wette.

»Das wäre für uns doch genau das Richtige«, meinte Robert.

»Es freut mich, dass es bei dir Anklang findet. Der Hin und Rückweg ist nicht im Preis enthalten. Ich dachte, wir fliegen nach Paris. Warum sollen wir uns lange im Bus herumquälen.«

»Recht hast du, lass uns buchen.«

Rosi rief danach Rita an.

»Rita meine Liebe, könntest du unsere Blumen für kurze Zeit verpflegen?«

Sie hörte Rita lachen.

»Ja sicher, wo geht die Reise hin?«

»Wir wollen klein anfangen. Für 2 Tage nach Paris mit nächtlicher Bootsfahrt.«

»Na holla, das hört sich super an. Wann fliegt ihr Los?«

»In drei Tagen.«

»Geliebte Schwiegermutter, im nächsten Sommer zu den Ferien, werden wir uns euren Rat zu Herzen nehmen und mit den Kindern Florida besuchen. In dieser Zeit musst du dir eine andere Person suchen, der deine Blumen versorgt.«

»Rita, das ist doch wundervoll. Glaube mir, ihr werdet sehr viel Spaß haben. Mit den Kindern im Disneyworld stelle ich mir lustig vor. Ich werde mit Robert sprechen, dass seine Söhne einspringen.«

»Und wenn du Karin fragst?«

»Nein, ich möchte sie ohne Aussprache nicht in unsere Wohnung haben. Ich möchte meine Sachen wiederfinden, wenn ich zurückkomme. Karin muss erst auf mich zukommen. Tut mir leid, aber sie hat mich sehr verletzt.«

»Das verstehe ich wirklich«, erwiderte Rita. Karin machte schon immer Probleme, solange sie denken kann. Ich habe öfters Manuel gefragt, er konnte mir keine Antwort geben.

»Wir wissen nicht, was in sie gefahren ist. Sie hat sehr gelitten, als ihr Vater starb. Wir haben versucht ihr die Trauer zu nehmen. Sie stieß uns aber immer weg. Rita, ich befürchte ernste Probleme für Karin. Sie hat nie geweint, auch nicht am Grab. Das ist nicht gut, wenn man die Trauer nicht herauslässt.

Paris

Robert und Rosi, machten sich fertig. Sie mussten zum Flughafen. Es war August und recht warm. Rita fuhr sie zum Flughafen. Knapp 2 Stunden später landeten sie in Paris – Charles de Gaulle. Am Abend war die Bootsfahrt geplant. Robert und Rosi freuten sich darauf. Die Stadt der Lichter vom Boot zusehen.

Nach dem einchecken im Hotel, besuchten sie die Basilika Notre Dame. Beide waren vom Prunk des fünfschiffigen Innenraums beeindruckt. Sie misst in der Länge knapp 130 Meter und bietet Platz für etwa 9000 Menschen. Das Mittelschiff erreicht 32,5 Meter Höhe, las Rosi leise vor. Detail des Hauptportals ist die Königsgalerie. 28 sind es insgesamt. Zahlreiche Beisetzungen, Trauungen und Krönungen fanden in der Notre Dame statt und spiegelte so die Geschichte Frankreichs wieder. Anschließend setzten sie sich an der Seine in ein Restaurant im Außenbereich. Sie bekamen ein Fünf-Gänge-Menü, was über eine Zeit von 2 Stunden dauert. Das ist in Frankreich nicht unüblich. Nach dem vielen Laufen in der Notre Dame, tat es gut zu sitzen. Sie beobachteten die Leute an der Seine. Am Geländer stellten Maler ihre Werke aus. Das Flair gefiel Robert und Rosi. Als es Nacht wurde, machten sie sich auf zu der Bootsanlegestelle. Robert meinte:

„Das Boot würde man in Deutschland Schiff nennen. Es war nur niedriger als zu Hause, damit es durch die Brücken von Paris passte."

Als das Boot ablegte, fuhren sie mit musikalischer Untermalung. Man bekam Kopfhörer und konnte zwischen 13 Sprachen wählen, um der Erklärung folgen zu können. Sie fuhren der Seine entlang und konnten die weltberühmten angestrahlten Denkmäler wie den Eiffelturm sehen. Auf dem Boot gab es den Panoramablick, aber Rosi nahm Robert an der Hand und sie stiegen die Treppe hinauf um auf das obere Deck zu kommen. Robert war gespannt, was seine hübsche Frau nun wieder vorhat. Auf dem oberen Deck standen einige Liegen und genau diese waren das Ziel von Rosi. Sie hatten eine sternenklare Nacht.

»Leg dich hin und genieße diese Zeit, heute Nacht soll es viele Sternschnuppen zu sehen geben«, Rosi lächelte dabei.

»Und vergiss nicht, dir etwas zu wünschen.«

Robert konnte sich nur immer wieder wundern, was seine Rosi immer wieder hervorholt. Er schmunzelte. Sie schauten einige Zeit in den Himmel und sahen einige helle langgezogene Sternschnuppen. Rosi freute sich sie zu sehen. Robert schloss sich an und sie zählten die gesehenen Sternschnuppen. Dann war die eine Stunde Fahrt auf der Seine auch zu Ende. Als sie ausstiegen, steuerten sie die kleine Bar an, die sich auf dem Weg befand. Bei einem Glas Rotwein ließen sie den Tag ausklingen. Sie besprachen, ob sie ein paar Tage dranhängen wollten, um auch noch andere Sehenswürdigkeiten bestaunen zu können. Rosi rief Rita an, ob es kein Problem darstellte, wenn sie noch ein paar Tage weiterhin ihre Pflanzen pflegte. Für Rita war das kein Problem. Rosi hatte eine wundervolle Schwiegertochter.

Sie kauften sich den 48-Stunden-Pass für den Boot-Shuttle-Service. So brauchten sie kein Auto. Am nächsten Tag, nach dem Frühstück überlegten sie, was sie ansteuern konnten. Die Basilica minor Sacré Caeur de Montmartre hatte es ihnen angetan. Diese Wallfahrtskirche wollte Rosi sehen. Durch die Hitze des Tages, waren sie ziemlich K.O. als sie rauskamen. Erst am späten Nachmittag besuchten sie das Museum Louvre. Sie ließen sich Zeit alle Exponate eingehend zu betrachten. Ihr Audioguide in deutscher Sprache gab ihnen die nötigen Informationen. Sie schauten sich die lächelnde Mona Lisa von Leonardo da Vincis an und vieles mehr. Darunter war die »Venus von Milo« und »Die Kaiserkrönung Napoleons 1«. Durch ihre genaue Betrachtung, merkten sie nicht, dass das Museum die Pforten Schloss. So langsam gingen die Lichter aus, dass nur noch die Notbeleuchtung an war und Rosi wunderte sich. Auch Robert konnte das nicht nachvollziehen. Als sie wieder zum Eingang kamen, sahen sie, dass die Türen verschlossen waren.

Kunstraub im Louvre?

Schnell kam ihnen die Erleuchtung.
»Ach Schreck, die haben uns eingeschlossen Robert«, meinte Rosi. Innerlich musste sie grinsen. Das war wieder einmal typisch für sie.

»Hmm scheint so, dabei wollten wir nach dem Louvre Essen gehen. Lass uns an die andere Tür gehen.«

Egal welche, alle Türen waren verschlossen.

Rosi checkte gedanklich die Lage. »Gut, raus kommen wir nicht, Hunger haben wir, also lass uns ins Le Café Marly gehen.«

»Das meinst du doch nicht im Ernst, Rosi.«

»Hast du Hunger oder nicht?«, fragte sie ihn

»Schon, aber ...«

»Papperlapapp, wenn du essen möchtest, was bietet sich mehr an, als ein Café? Wir wollen doch mit Stil unseren Urlaub verbringen, oder?«

Das musste Robert einsehen. Sie liefen ins besagte Café. Es war alles weggeräumt. Robert sah sie fragend an.

»Wir werden das Café wieder öffnen.«

Wo hat meine Frau nur diese Energie her? Was fällt ihr heute noch alles ein? In Gedanken sehe ich mich schon in Handschellen.

»Komm mit Robert.« Zielstrebig lief Rosi in die Küche des Cafés.

»Kannst du mit einer Industriekaffeemaschine umgehen?«, fragend sah sie Robert an.

»Im Prinzip schon. Ich hatte eine in meinem Büro früher.«

»Ach schau her, der Herr Bauamtsleiter«, lächelte sie.

Rosi öffnete den Kühlschrank, da fand sie alles, was sie brauchte.

»Robert, was möchtest du essen? Du hast die freie Wahl.« Sie sah ihn an und wusste, was er dachte.

»Keine Angst, wir bezahlen das. Wir lassen hier nichts mitgehen. Versuche bitte uns einen Kaffee zu organisieren.« Robert schaffte es und so saßen sie bei Kaffee und Kuchen. Rosi legte das Geld auf den Tresen und schrieb einen Zettel in einwandfreiem Französisch, dass sie sich dafür entschuldigt, dass sie ihnen Unannehmlichkeiten bereitet habe.

»Robert ich glaube, du möchtest auch nicht hier übernachten, oder?«

»Am liebsten nicht, nur wie kommen wir hier raus. Ich habe nirgends eine Telefonnummer gesehen, die auf ein Service hinweist.«

»Ich weiß eine Lösung, wenn sie auch nicht ganz unspektakulär ist.«

»Wie meinst du das?«

»Wir gehen an Objekte, die mit einer Warnanlage versehen sind und spielen da ein bisschen herum. Wenn die Warnanlage anfängt, ist schnell die Polizei hier.«

»Das sieht dir ähnlich. Da ist es wieder, dein Bauchkitzeln, oder?«

»Möchtest du lieber hier übernachten?« Rosi wusste, wie sie Robert auf ihre Seite ziehen kann.

»Na gut, lass es uns durchziehen. Selbst im Gefängnis gibt es ein Bett. Ich habe eine verrückte Frau geheiratet«, lachte er.

»Mich werden sie nicht in Handschellen abführen«, dabei lächelte sie süffisant.
Robert schaute sie fragend an.

»Lass dich überrasschen mein Liebster. Es muss auch für dich ein Highlight geben.« Robert stöhnte leise.

»Robert lass mich hier sitzen und gehe bitte an die Fenster vorbei. Ich gehe davon aus, dass sie Sicherheitsservice haben. Vielleicht sehen sie dich.« Und richtig, von draußen sah man ein Schatten, in dem Moment, als die Sicherheitsleute vorbeiliefen. Robert hörte Stimmen und dann ein Telefonat. Es dauerte nicht lange, da wurde aufgeschlossen und eine gefühlte Hundertschaft an Polizisten kamen herein. Sie sahen Robert und Rosi. Sie stürzen sich auf Robert und wollten auch zu Rosi, als diese sprach:

»Bitte ich brauche einen Rollstuhl, ich kann nicht mehr laufen. Mein Mann hatte meinen leider vergessen mitzubringen.« In dem Moment kam ein Polizist und gab seinen Vorgesetzten einen Zettel und das Geld.

»Haben sie das geschrieben?«

»Ja wir hatten Hunger, dass kommt vor, wenn man uns einsperrt.«

»Einsperrt?«

»Ja ich hatte einen Schwächeanfall, wie so oft in letzter Zeit. Wir hörten die Ansage, dass man sich aus dem Museum begeben soll, aber ich konnte nicht. Schauen Sie sich meinen Mann an, so stark ist er nicht, dass er mich den ganzen Weg hätte tragen können. Sie glauben doch nicht wirklich, dass wir etwas stehlen wollten? Wir lieben die Kunst, aber bitte schön nur in einem Museum. Stellen Sie sich vor, man würde in meinem Haus dieses Bild stehlen. Nicht auszudenken.«

Der Commandant sah sie lange an. »Wissen Sie, was sie uns erklären, ist so unglaublich, dass es sogar Wahr klinkt.«

»Haben Sie an meinen Worten gezweifelt Commandant? Schauen Sie uns bitte an, sehen wir wie Kunsträuber aus? Dann hätte ich gewiss kein Rock an.« Darüber musste der Commendant schmunzeln.

In der Zwischenzeit ließ man Robert los und man brachte Rosi einen Rollstuhl.

»Ja ich habe ihren Rollstuhl vergessen. Leider.«

»Geben Sie mir bitte ihre Ausweise.«

»Aber sicher doch«, meinte Rosi. Robert schaute immer zu Rosi und er begriff nicht, dass sie das Ganze hier abzog, als fragte man sie nach der Uhrzeit. Als die Daten abgecheckt wurden und es feststand, dass sie nur Touristen sind. Ließ man sie laufen. Der Commandant gab Robert und Rosi den guten Rat, das nächste Mal früher aus dem Museum zu gehen. Als sie aus dem Louvre traten, Robert schob den Rollstuhl mit Rosi, klickten die Kameras und viele Mikrophone wurden auf ihnen gerichtet. Sie wollten ihre Top Story. Als sie die Wahrheit sagte, glaubte man ihnen nicht. Die Polizei bahnte ihnen den Weg zum Taxi. Als sie in ihrem Hotelzimmer ankamen, fiel die ganze Anspannung von Robert.

»Ich brauche erst einmal einen Schnaps. Möchtest du auch einen?«

»Ist Sekt vorhanden?«

Als sie ihre Getränke hatten, fragte Robert, wie sie in der Situation so ruhig bleiben konnte.

»Ganz einfach, wir haben nichts böses getan. OK, wir nahmen uns den Kuchen, aber den haben wir doch bezahlt. Warum sollte ich mich da aufregen.«

»Rosi du musst Nerven wie Drahtseile haben.«
Rosi zuckte mit den Schultern.

»Die kleine Flunkerei mit dem Schwindelanfall haben sie geschluckt.« Da konnte Robert wieder lachen.

Als Robert mit Rosi zum Frühstück gingen, war Robert geschockt. Er fand ein Bild von Rosi und sich in der Zeitung. Die Schlagzeile brannte sich in seine Seele.

Deutsches Ehepaar involviert? Raubüberfall im Louvre.

Er kaufte die Zeitung und die Bedienung sah ihn schräg an. Rosi musste laut lachen, als sie die Zeitung sah. Sie sagte laut:

»Da kann man sehen, was die Presse draus macht. Die schließen uns im Louvre ein und wir kommen gleich auf die Titelseite. « Es kamen andere Leute auf sie zu, und wollten wissen, wie das war. Lachend erzählte Rosi, die Story. Robert war das alles mehr als peinlich. Später fuhren sie ins Schloss Versailles, eines der größten opulentesten

Schlösser der Welt. Es hat 2143 Fenster, 1252 Kamine und 67 Treppenhäuser. Zwanzig Kilometer von Paris entfernt.

»Meine Güte, wer soll die Fenster putzen?«, rief Rosi. Robert, der sich gefangen hatte, erwiderte: »Nun stell dir die Weihnachtsbeleuchtung an den Fenstern vor.«

»Das stelle ich mir traumhaft vor.«

Robert achtete genau, dass sie nicht so lange blieben. Das ganze Schloss an einem Tag zu besichtigen, ist nicht möglich. Dafür ist es viel zu groß. Zum Schluss ihres Urlaubes fuhren sie auf dem Eiffelturm hoch. Sie hatten Glück, es war an diesem Tag ein sonniger Tag und sie hatten eine klare Sicht. Robert fotografierte einige Bilder für seinen Sohn. Das erste Mal, dass Robert sich freute, als sie die Heimreise antraten.

Erneuter Rückflug

Im Flugzeug erklärte Robert seiner Rosi:
»Schatz, kann es bitte das nächste Mal etwas ruhiger zugehen? Ich glaube, ich werde zu alt dafür. Das mit der Polizei setzte mir sehr zu.«

Rosi räumte ein:

»Das möchte ich nicht, dass du keinen Spaß bei unseren Reisen hast. Ich gebe zu, da ist der Gaul mit mir durchgegangen. Ich fand es eine coole Idee, beachtete nicht, dass es dir dabei nicht gut ging. Bitte entschuldige, Ich gelobe Besserung. Ich werde mir sowieso etwas von meinem Sohn anhören müssen. Er schätzt solche Zeitungsberichte nicht.«

Als sie zu Hause waren, ruhten Sie sich aus. Wieder hatte Rita ihnen ein bisschen eingekauft, sodass Rosi nicht kochen brauchte. Die Koffer waren schnell ausgepackt und die Waschmaschine eingeschaltet. Es war schon Abend und sie saßen bei einem Glas Rotwein, als Manuel anrief.

Robert hörte Rosi zu.

»Ja wenn ihr möchtet, könnt ihr vorbeikommen, ich kann euch leider nichts zu essen anbieten. Zum

Einkaufen kam ich noch nicht. Irgendwann musst du es eh erfahren. Ach das können wir euch erzählen, wenn ihr hier seid. Ihr kommt ohne Kinder? Das verstehe ich, wenn sie bei ihren Freunden sind. Bis Später.«

»Robert irgendetwas stimmt nicht, sie haben die Kinder nie zu Freunden gelassen, wenn sie zu uns kommen wollten. Hast du ihnen etwas erzählt?«

»Wie denn Rosi, ich war die ganze Zeit bei dir.«

»Ja das stimmt. Dass er es auch so eilig hat?«

»Warte ab, sie kommen gleich.«

Es dauerte auch nicht lange, als es klingelte. Rosi öffnete die Tür. Rita hatte eine Kleinigkeit zu Essen mitgebracht. Manuel umarmte seine Mutter und Robert. Er hatte eine Zeitung unter dem Arm. Rosi schwante böses. Robert holte zwei weitere Gläser und noch eine Flasche Rotwein.

Als alle saßen, fragte Manuel, wie ihr Urlaub gewesen ist.

»Gut wie immer«, antwortete Rosi strahlend.

Langsam rollte Manuel die Zeitung aus und schob sie Rosi hin.

»Kannst du mir das vielleicht erklären?« Rosi sah ein Foto von sich vor dem Louvre. Sie im Rollstuhl. Wie kam er denn dazu?, fragte sie sich.

»Du musst nicht alles glauben, was in der Zeitung steht. Du kennst das doch, die Paparazzi sind überall, wo sie etwas vermuten«, wollte sie abschwächen. Sie fühlte, es klappt nicht so ganz.

»Wie kommst du zu dieser Zeitung?«

»Du weißt, dass ich mit Frankreich Diamantgeschäfte tätige? Warum muss ich meine Mutter – in einem Rollstuhl sehen? Sind die Ärzte in Deutschland nicht gut genug?«

Robert grinste und Rita bemerkte es.

»Manuel, du glaubst doch nicht etwa, dass deine Mutter zu einem Kunstraub fähig ist?«, fragte Rosi erbost.

»Die Zeitungen haben mir die Wahrheit nicht geglaubt und dichteten was ihnen gefiel.«

»Das stimmt«, warf Robert ein.

»Manuel, die Polizei hätte uns niemals gehen lassen, wenn so etwas im Raum steht.«

Rosi erzählte die ganze Geschichte und Manuel musste lautschallend lachen. Rita stimmte in dem Lachen ein. Sie hatte Lachtränen in den Augen.

»So etwas habe ich noch nie gehört, wie man sich in einer geschlossenen Küche bedient.«

»Nur mal langsam, ich habe den Kuchen bezahlt«, protestierte Rosi lachend.

»Das steht garantiert in dem Polizeibericht drin.«

»Mutter, wie kommst du auf solche Ideen? Langsam wirst du Geschäftsschädigend für mich. Ist dir das klar? Viele Franzosen glauben, was in der Zeitung steht.«

»Sie sollten solchen Schundblättern keinen Glauben schenken. Ich gehe jede Wette ein, hätte ich mir eine Story ausgedacht, hätten das die Pressefritzen geglaubt.«

Rosi stand auf und holte 2 Eintrittskarten. »Hier mein Sohn, ich habe nachträglich diese Freikarten von Direktor Jean M. vom Louvre gebracht bekommen, und nur, weil wir keine Raubritter waren. Nimm du sie, vielleicht wollt ihr euch die Mona Lisa einmal anschauen. Achtet darauf, dass ihr nicht am späten Nachmittag dorthin geht. Da wird die Zeit zu knapp«, erwiderte Rosi mit Genugtuung.

Manuel war dadurch doch erstaunt. Er wandte sich an Robert.

»Sag Robert, wie hältst du das mit dieser Frau aus?«

»Meistens ist es recht lustig mit ihr, nur manchmal schlägt sie über die Stränge. Wir haben uns darüber unterhalten, dass der nächste Urlaub etwas ruhiger zugehen sollte.« Robert schaute Rosi verliebt an.

Zerknirscht antwortete Rosi. »Ich habe ihm versprochen, einen Gang zurückzuschalten. Hoffentlich gelingt es mir.«

»Das höre ich gerne, vor deinem großen Geburtstag plant ihr keine Reise, oder?«

»Muss man den 65. unbedingt groß feiern?«

»Oh ja Mutter, das muss sein. Es ist dein Ehrentag, wir haben schon etwas organisiert. Lass dich überraschen.« Sehr wohl war Rosi nicht dabei. Zu gerne würde sie an diesem Tag mit Robert irgendwo hinfahren. Es müsste nicht weit weg sein.

Einen Tag später luden sie Roberts Kinder ein. Rosi wollte vermeiden, dass auch sie es durch irgendeine Zeitung erfuhren. Geplant war, alle Kinder einzuladen, nur hatte Manuel ihnen einen Strich durch die Rechnung gemacht.

Nach der Begrüßung begaben sie sich zum Esstisch. Rosi hatte zum Kaffee decken lassen.

Robert zeigte ihnen die Zeitung mit dem Bild vom Louvre. Rosi saß neben Robert. Zweifelnd sahen sie zuerst Robert und dann Rosi an. Über die Überschrift waren sie irritiert.

Deutsches Ehepaar involviert? Raubüberfall im Louvre.

»Warum bist du im Rollstuhl Rosi?«

»Weil sie nicht verhaftet werden wollte«, mischte sich Robert ein.

Sie erzählten den beiden Jungs die ganze Geschichte.

»Was macht ihr nur für Sachen?«, fragte Kai.

»Braucht ihr wirklich einen Anstandswauwau«, legte Michael nach.

»Papa pass bloß auf euch auf«, meinten Kai und Michael stimmte ihm zu. Robert sah ihnen an, dass sie sich sorgten.

»Macht euch keine Sorgen, die nächsten Reisen werden moderater«, erklärt Robert.

Rosi beschwichtigte.

»Es ist nichts passiert und wir haben sogar den Kuchen bezahlt«, strahlte Rosi.

»Ihr führt ein Leben auf der Überholspur. Geht es doch mal easyer an. Ich führe schon ein verrücktes Leben, aber ihr setzt noch einen drauf«, meinte Kai.

»Bitte versprecht uns, dass ihr Reisen unternehmt, die euch nicht in Gefahr bringen«, erwiderte Michael ernst.

Robert wollte das Thema wechseln. »Kai, wie geht deine Tour?«

Typisch Papa, er wechselt das Thema, wenn es ihm zu unangenehm wird, dachte Michael. Ich muss mich mal mit Manuel zusammentun.

»Super, wir gehen auf Deutschland Tour. Ich freue mich schon.«

»Das freut mich für dich.«

Es wurde ein gemütlicher Nachmittag. Kai und Michael mussten vor dem Abendessen gehen.

Karin

Zwei Tage vor ihrem 65. Geburtstag klingelte es an der Haustür. Rosi und Robert erwarteten niemand. Robert öffnete die Tür und Karin stand in der Tür. »Hallo Robert, darf ich reinkommen und mit euch reden?«

Er trat zur Seite und ließ sie eintreten. Rosi kam hinzu und war reserviert.

»Guten Tag Karin.«

»Guten Tag Mutter, ich möchte gerne mit euch beiden reden. Komme ich ungelegen?«, fragte Karin schüchtern.

»Nein komm herein.« Rosi führte Karin in die Sofaecke. Robert holte die Getränke und wollte sich zurückziehen. Doch Karin hielt ihn auf.

»Nein Robert bitte bleib, es geht auch dich an.«

»Ich möchte mich bei euch in aller Form entschuldigen. Es war falsch, wie ich reagiert hatte.« Rosis Züge wurden weicher.

»Ich machte eine Therapie. Ich bin über den Tod meines Vaters nie hinweggekommen. Darum reagierte ich so über dich Robert. Ich weiß es war unrecht. Mutter, du warst lange genug alleine und ich weiß auch, dass du es unter Vater nicht immer leicht hattest. Zudem hatte ich immer die Angst, meine Buchhandlung zu verlieren. Das zerriss mich innerlich. Die letzten drei Monate führt meine einzige Angestellte Judit die Buchhandlung. Sonst wäre sie pleite gegangen. So lange war ich in der Klinik. Ich bin ihr sehr dankbar. Ich weiß, ich habe viel Unrechtes getan, darüber hinaus habe ich meinen Mann verloren. Ich kann nicht mehr tun, als mich bei euch zu entschuldigen.«

»Das ist furchtbar Kind. Natürlich nehmen wir deine Entschuldigung an.« Rosi sah zu Robert und er bekräftigte dies.

»Karin, ich zahlte euch aus, als dein Vater starb, warum hattest du Angst, deine Buchhandlung zu verlieren?«

»Geld bedeutet mir nicht viel. Ich habe es angelegt. Mein Kopf sagte mir, dass es nicht reichen würde. Das Geld liegt komplett auf dem Konto. Und dann hatte ich einen ganz schlechten Umgang, in Sarah, die mir einiges eingeredet hat. Ich glaubte, sie sei meine Freundin. Ich irrte mich sehr. Von ihr trennte ich mich während der Therapie. Darüber bin ich froh.«

»Hast du etwas von Klaus gehört?«, fragte Rosi.

»Ja nur das er eine neue Freundin hat, sie ist von ihm schwanger und er wird sie nach unserer Scheidung heiraten. Die Scheidung läuft. Ich werde ihnen keine Steine in den Weg legen.«

»Das ist sehr nett von dir. Damit kannst du einen Schlussstrich ziehen«, meinte Robert.

»Ja das ist mein Bestreben.«

»Wie gefestigt bist du, Karin«, fragte Rosi.

»Rob meinte, ich sei gefestigt. Die Prognose sieht gut aus.«

»Rob?«, fragte Rosi.

»Mein Therapeut, er heißt auch Robert. Ich nenne ihn nur Rob. Wir haben uns etwas angenähert. Ob daraus mehr wird, das wird sich zeigen.« Zaghaft lächelte sie.

»Das sind nette Neuigkeiten.« Rosi machte sich Gedanken. *Was ist nur aus meine Karin geworden. Sie war einmal sehr selbstbewusst. Wo ist all das hin? Oder habe ich es nur nicht gesehen, wie zerrissen sie war? Nach Rainers Tod war ich völlig aufgelöst. Habe ich es deshalb nicht mitbekommen? Bin ich eine schlechte Mutter?* Als ob Karin ihre Gedanken las, antwortete sie: »Du warst nie eine schlechte Mutter, nur manchmal war mir alles zu viel.«

»Karin, ich wünsche dir einen Mann der dich versteht und so nimmt, wie du bist.« Rosi lief auf ihre Tochter zu und drückte sie. Erst da liefen Karin die Tränen. Sie erzählte ihnen alles, was ihr auf dem Herzen lag. Rosi vermochte ihre Tochter nur zu trösten. Beide weinten zusammen. Als sie sich beruhigt hatten, fragte Karin:

»Darf ich zu deinem Geburtstag kommen?« Man merkte ihr an, dass sie Angst vor der Antwort hatte.

»Aber natürlich, das wird mein schönstes Geburtstagsgeschenk. Ich weiß nur nicht, was abläuft, Manuel und Rita haben etwas geplant. Ich weiß nicht einmal, wo das stattfindet. Es ist mir nicht erlaubt, etwas vorzubereiten. Ich werde mich überraschen lassen.«

Rosis 65. Geburtstag

Manuel hatte einen Raum im Steigenberger Hotel Berlin gebucht. Dort wurde sie und Robert um 15 Uhr eingeladen. Von Robert bekam sie ein zauberhaftes Armband geschenkt. Rosi freute sich riesig. Sie kleideten sich an und fuhren zum Hotel. Rosi war neugierig, was sie heute alles erleben wird und was ihr Sohn sich ausdachte. Als sie dort ankamen, wurden sie von Manuel und seiner Familie empfangen. Sie wurden in den Raum geführt, wo eine Bedienstete Champagner reichte. Eine Vielzahl ihrer Freunde war schon anwesend. Frühere Geschäftspartner saßen auf der rechten Seite. Als Rosi in den Raum kam, erhoben sich alle und sangen Happy Birthday.

Es ist schön, dass alle gekommen sind, dachte Rosi. Sie bekam Geschenke, die auf einen separaten Tisch, gestellt wurden. Manuel wandte sich zu seiner Mutter:

»Ich habe ein besonderes Geschenk für dich Mutter.« Rosi sah ihn fragend an. Zwei weitere Bedienstete trugen einen großen Bilderrahmen herein. Sie stellen ihn auf einem goldenen Gestell. Bevor Rosi ihn sehen konnte, sprach Manuel zu ihr:

»Geliebte Mutter, von uns bekommst du ein besonderes Geschenk. Mögest du dich immer an die Zeit erinnern, wo du dafür gesorgt hast, dass ich mehr graue Haare als üblich bekam.« Die Hotelangestellten traten zur Seite. Rosi glaubte nicht, was sie dort sah. Sämtliche Zeitungsberichte von ihr waren chronologisch aufgeführt, auch mit Bildern darauf. Sie wollte schon zu Manuel hinüber, als er sie bat, noch etwas zu warten.

Herein kam nach und nach der Hauptwachtmeister Bert aus Den Haag, mit dem Bankdirektor Emanuel. Sie kamen auf Rosi zu und beglückwünschten sie zu ihrem Geburtstag und zwinkerten ihr zu. Dahinter kamen der Commandant Lucas und der Hoteldirektor Eric aus Paris. Als die Herren auf Rosi zukamen schmunzelten sie, als sie ihr erstauntes Gesicht sahen. Zuerst gratulierten sie ihr zum Geburtstag und dann meine der Commandant:

»Frau Becker, wir sind auf die Einladung ihres Sohnes vorbeigekommen, um zu sehen, ob sie sich wieder in die Bredouille gebracht haben. Wie ich aus ihrem Geschenk des Bilderrahmens erkennen kann, haben Sie schon einiges erlebt.«

Rosi fand ihre Sprache wieder.

»Ach Herr Commandant, das dürfen Sie nicht so eng sehen. Es ist doch nie etwas passiert.«

Der Commandant schien kurz vor seiner Pension zu sein. So sprach er:

»Junge Frau, es hätte zu einer Schießerei kommen können. Das war nicht ungefährlich, dass sich ihr Mann vor dem Fenster gezeigt hat. Aber es ist vorbei und wir hoffen, sie werden sich das nächste Mal zurückhalten.«

»Aber Herr Commandant, sie hätten doch nicht auf meinen Robert geschossen?« Rosi machte ein erstauntes Gesicht. Beschwichtigte die Sache.

»Keine Angst, ich musste meinem Mann versprechen, dass unsere nächsten Reisen harmloser Natur werden.« Robert bestätigte das sofort.

»Nur weiß ich nicht, ob sie dann so spannend werden.«

Es wurde ein amüsanter Abend. Es wurde überwiegend über die Reisen und vor allem Rosis Kapriolen erzählt. Es wurde getanzt und gut gegessen.

Der Commandant und der Hauptwachtmeister fachsimpelten, bei wem Rosis Erscheinen gefährlicher war. Beide kamen zu der Erkenntnis, dass Rosi eine Frau ohne jegliche Angst ist. Zu Manuel gewandt sagten beide, er möge bitte ein Auge auf seiner Frau Mutter haben. Er aber antwortete:

»Können Sie sich vorstellen wie schwer so etwas ist? Ein Sack Hornissen ist garantiert einfacher zu hüten, als meine Mutter.« Die Herren lachten.

»Manuel, ich habe das gehört«, rief Rosi, obwohl sie sich um andere Gäste kümmerte.

Der Bankdirektor regte an, sie solle doch über ihre Reisen ein Buch schreiben. Somit war sie für eine Weile von der Straße weg. Es gab ein Gelächter an dem Tisch. Der Hotelmanager sprach für Rosi.

»Sie ist trotz allem, eine zauberhafte Frau. Niemand denkt, zu was sie noch fähig ist.« Die anderen pflichteten ihm bei.

Michael kam zu Manuel und fragte, ob er ihn sprechen könnte. Sie gingen in die Bar. Michael kam gleich zur Sache.

»Manuel, wir müssen etwas tun, dass geht so nicht weiter mit unseren Abenteuerjäger.«

»Ich bin ganz deiner Meinung, warte mal ab, ich erwarte noch jemand, und die Schlagzeile bremst sie vielleicht. Ich sage dir, es ist nicht einfach so ein Energiebündel zu bremsen.« Dann erzählte er unter der größten Verschwiegenheit, was er noch in Petto hat.

»Ich hoffe, dass funktioniert, meinte Michael. Dann gingen sie wieder zu den anderen.

Karin setzte sich neben ihrer Mutter.

»Sag mal, haben die Männer recht, mit dem, was sie sagen?«

»Na ja, der Konsens kommt hin«, lächelte sie.

»Du lebst gefährlich, ist dir das klar? Ich habe mir die Zeitungsartikel durchgelesen.«

»Die Zeitungen übertreiben immer etwas«, schmunzelte Rosi.

»Und wie kommt der Rollstuhl ins Spiel?«

»Ganz einfach, ich wollte nicht verhaftet werden.« Karin war sprachlos über ihre Mutter.

Später kam ihr Sohn auf sie zu.

»Mutter, gefällt dir dein Geburtstag?«

»Ja mein Sohn, obwohl du wohl keine Kosten und Mühen gescheut hast, einige besondere Herren einzuladen. Lass nur, ist schon recht,« lächelte sie. »Die Überraschung ist dir gelungen.«

Ihre Enkelkinder kamen auf sie zu gestürmt. Sie drückte beide. Benni trat hervor.

»Omi, Du warst schon wieder in der Zeitung. Wo ist dein Rollstuhl?« Süffisant schaut Manuel sie an. Er war neugierig, wie sie sich aus der Affäre zog.

»Hallo ihr beiden. Ja manchmal braucht man einen Rollstuhl nicht sehr lange«, fing sie an.

»Oma wir können schon lesen«, und er deutete auf den großen Bilderrahmen. Melanie erklärte wichtig, dass Benni ihr das erklärte.

»Ach wisst ihr, man darf den Zeitungen nicht alles glauben ...« In dem Moment kamen drei Journalisten herein, und knipsten Rosi schnell. Ein Journalist kam auf Rosi zu und gedachte eine Frage zu stellen, er wurde von einem Hotelangestellten gehindert und der Tür verwiesen. Manuel bat die Presse hinaus und lief ihnen hinterher. Das wunderte Rosi, sie konnte sich keinen Reim darauf machen. Sie ließ keine großen Gedanken zu, weil sie gleich von ihren Gästen abgelenkt wurde.

Am nächsten Tag kam die Ernüchterung, als Robert die Brötchen und die Zeitung nach Hause brachte. Das ließ er sich nicht nehmen, obwohl sie Personal im Haus haben. Früh morgens gefiel ihm die unverbrauchte Luft in der Natur. Er verwies Rosi auf die Zeitung, die er auf den Tisch ausbreitete.

Auf der ersten Seite fand sie ein Bild von sich mit den Kindern, im Gespräch vertieft. Die Überschrift tat ihr Übriges:

Rosemarie Becker von der Weber Dynastie, zum 65. Geburtstag einträchtig mit der Familie.

Rosi schäumte vor Wut. Robert versuchte sie zu beruhigen, was nicht so richtig gelang. Er freute sich, dass er dieses Mal nicht mit auf dem Bild war.

»Oh diese Schmierfinke«, schimpfte Rosi. In dem Moment klingelte es an der Tür und Manuel kam herein. Er sah das wütende Gesicht seiner Mutter. Er nahm sie in den Arm und drückte sie.

»Mama, hast du die Zeitung schon gelesen?« Robert nickte leicht.

»Schau, so sollte eine Schlagzeile von dir aussehen. Ohne große Gefahren.«

»Du steckst also dahinter? Ich hätte es mir denken müssen. Mich wunderte schon, warum Benni mich im Gespräch vertiefte. Das ist so gar nicht seine Art.«

»Er gab sich viel Mühe, dass musst du zugeben«, feigste er.

»Den Innenteil hast du schon gelesen?«

Rosi lief zum Tisch und blätterte die Seite 6 auf, wie es auf der ersten Seite stand.

Die frühere Juwelierdesignerin Rosemarie Becker besann sich eines Besseren und wurde ruhiger und sieht ihre Familie im Fokus. Nach ihren teils gefährlichen Reisen ist sie zu dem Schluss gekommen, ihr Rentnerdasein mehr der Familie zu widmen. Die Weber Dynastie kann aufatmen. Man darf gespannt sein, wo sie die nächste Reise hinführt. Der derzeitige Chef des Unternehmens erfuhr von den Eskapaden seiner Mutter erst aus den Zeitungen. Ein Sanatorium wäre sicherlich anzuraten.

»Oh nein Manuel, das ist auf deinen Mist gewachsen?«

»Nein Mama, da hat die Presse dazu gedichtet. Aber ehrlich, ich würde mich freuen, wenn es bei dir etwas ruhiger zuginge. Du weißt, dass die Presse recherchiert und sich bei den Kollegen in andere Länder informiert? Und da bekommt sie bei dir einiges zu hören. Was glaubst du, warum sie bei vielen Promis so manches herausfinden?« Manuel kann sich ein Schmunzeln nicht verkneifen, als er das deprimierte Gesicht seiner Mutter sah.

In der Zwischenzeit deckte die Köchin den Frühstückstisch und bat ins Esszimmer. Manuel war sich sicher, dass hier noch nicht das letzte Wort gesprochen war. Rosi hatte böse Gedanken.

Da hat sich mein Sohn geschnitten, wenn er mit so etwas kommt. Ich werde ihn lehren, aus mir eine brave Oma zu machen. Fehlt nur noch, dass er mir Wolle und Stricknadeln besorgt. So nicht, mein Sohn. Sanatorium.

Pah, nicht mit mir. Ich muss nur Robert auf meine Seite bekommen. Das dürfte nicht schwer sein.

Nach außen hin gab sie sich unbeteiligt und genoss ihren Kaffee. Sie lächelte ihren Sohn süffisant an.

»Mama, was hast du vor? Ich kenne diesen Blick.«

»Gar nichts mein Sohn. Ich bin eine liebende Oma, schon vergessen?«

Manuel brubbelte in seinen Bart. »Ich dachte mir schon, dass das nach hinten los geht.«

Ein Versuch war es wert, dachte er resignierend.

Als Rosi am nächsten morgen aufstand, ließ sie den gestrigen Abend noch einmal Revue passieren.

Mein Sohn ist ein Schlingel. Na ja, meine Erziehung. Er als jetziger Chef der Dynastie Weber hat einen Ruf zu verlieren, das ist mir schon klar. Ich möchte ihn auch nicht schädigen, aber ein bisschen Freiheit in meinem Tun, brauche ich. Zu lange war bei mir an Urlaub nicht zu denken. Auch wenn wir sehr gut verdient haben, wurde Investiert. Das Geschäft hatte immer Vorrang. Reiner wollte nie in ein Abenteuerurlaub. Für ihn mussten auch im Urlaub die Abendkleider eingepackt werden. Er hatte immer Urlaub mit dem Geschäft verbunden. Wie ich mich dabei fühlte war ihm egal. Unsere Ehe war gut, keine Frage, aber ich vermisste einiges. Das möchte ich jetzt nachholen.

Es war ein schlauer Schachzug von Manuel, die besagten Herren einzuladen. Ich war geschockt, als ich sie sah. Im Prinzip wollte ich sie nie wiedersehen. Ja ich war sehr zufrieden mit meinem Geburtstag.

 Seit Generationen ist das Juweliergeschäft in unserer Familie. Sein Urururgroßvater fing damit an und war gleich erfolgreich. So lief es immer weiter. Jede Generation erweiterte das Geschäft. Mit dem Diamanthandel kann man viel Geld verdienen. Ich war froh, als ich 4 Jahre nach Rainers Tod aus dem Geschäft ausstieg, und Manuel soweit war, das Geschäft zu übernehmen. Unsere Hoffnung beruht auf Benni, der es eines Tages weiterführt. Das war jeder Generation gegeben, seine Kinder an das Geschäft heranzuführen. Dementsprechend war die Ausbildung ausgerichtet. Allerdings war es nur den männlichen Nachkommen möglich, die Dynastie anzuführen. Darum wurde Karin ausbezahlt. Das war in Ordnung für sie, weil sie mit Schmuck nie etwas anfangen konnte. Ihre ganze Liebe gehört den Büchern. Dadurch gab es nie Streit zwischen den Kindern.

Manuel ist dementsprechend aufgewachsen. Rainer hat ihn oft mitgenommen, damit er es von der Pike auf lernt. Als er ein kleiner Junge war, spielte er unter dem Schreibtisch seines Vaters. So bekam er einiges mit, ohne dass er in diesem Alter gezwungen wurde, aufzupassen. Kinder sind anpassungsfähig.

Manuel war immer bestrebt, später das Geschäft zu übernehmen. Da habe ich Hochachtung vor ihm. Wir haben ihm noch zu Lebzeiten von Rainer einzelne Aufgaben übertragen. Sehr gewissenhaft war er immer. Darum habe ich mich aus dem Geschäft zurückgezogen. Rainer und ich haben viele Jahre nur gearbeitet, um das Geschäft am Laufen zu halten. Es durchlebte somit viele Generationen. Und wird weiterhin Bestand haben. Seitdem unser Großvater den Diamantenhandel aufgenommen haben, schnellte der Erfolg erneut steil nach oben.

Diamanten bestehen aus reinem Kohlenstoff. Die Kristallisierung entsteht aus der extremen Hitze und enorm hohen Druck im Erdinnern. Durch die Schwierigkeit und der mühseligen Gewinnung, die

Diamanten zu Tage zu fördern, macht aus ihn zu einem besonderen Wert.

Die Diamantenschleiferei macht aus einem Rohdiamanten den allseits beliebten Schmuckstein.

Oft fährt Manuel zu den Diamantenbörsen. Diamanten werden sehr teuer gehandelt. Ich finde, das ist eine gute Investierung in Diamanten. Das Geschäft erlaubt es mir heute, ein sorgenfreies Leben zu führen. Obwohl ich mich längst aus dem Geschäft zurückgezogen habe.

Ich brauche wieder etwas Nervenkitzel, mal sehen, wie Robert es aufnimmt.

Sie saßen an einem Nachmittag beim Kaffee und Robert sah das Glitzern in Rosis Augen.

»Rosi, ich liebe dich sehr, das weißt du, aber muss es immer etwas Gefährliches sein?«

»Robert, ich habe nichts gesagt, was hast du denn?«

»Ich sehe es dir an, du führst wieder etwas im Schilde.«

Rosi schmunzelte nur.

»Weißt du, ich habe von Jochen Schweizer im Fernsehen einmal den Spruch gehört:

Wenn man alles aufschreibt, was man besitzt, hat man eine Liste.

Schreibt man alles auf, was man erlebt, hat man eine Geschichte.

Ich finde, der Mann hat recht. Möchtest du nur eine Liste von deinem Leben? Ich finde eine Geschichte viel spannender.« Dabei schaute sie Robert in die Augen.

»Was planst du? Du weißt ich bin 67 Jahre alt, so langsam werde ich zu alt für diese Aufregungen.«

»Ach du bist doch nicht alt. Ich würde zu gerne ein Tandemsprung machen. Natürlich nicht alleine. Eben mit einem Fluglehrer.«

»Rosi, das ist nichts für mich. Lass mich hier unten.«

»Robert schau, ich habe mich schon erkundigt. Bei Jochen Schweizer ist dieses zu lesen:

NUR FALLSCHIRMSPRINGER WISSEN, WARUM DIE VÖGEL SINGEN!

Augenblicke für die Ewigkeit! Fest verbunden mit einem erfahrenen Tandem-Master springst du aus einer Höhe von rund 3.000 bis 4.000 Metern ins Nichts. Nach deinem Exit beschleunigst du wie ein wild gewordener Sportwagen, bis du mit Freifallgeschwindigkeit der Erde entgegenrast. Etwa 50 Sekunden später zieht dein Tandem-Master die Reißleine und du gleitest am Schirm durch die Luft! Ein Fallschirm-Tandemsprung mit freiem Fall raubt dir das Zeitgefühl: Die Sekunden fühlen sich an wie eine Ewigkeit!

Spring ins pralle Leben und werde Mitglied im Club der Fallschirm-Springer!

WETTER

Durch Wettereinflüsse oder Vorgaben der Flugsicherung kann sich Ihr Take Off verzögern

Bequeme Kleidung

Festes Schuhwerk ohne grobes Profil.

Das komplette Sprungequipment bekommst du vor Ort.

LEISTUNG

Tandemsprung aus 3000 bis 4000 Meter Höhe

Professionelle Einweisung

Erfahrener Tandem-Master

Fallschirm und Equipment

Flugzeug und Treibstoff

Hinweis: Ein Videomitschnitt deines Fallschirmsprunges ist gegen Aufpreis möglich.

»Siehst du, es wird nicht schlimm. Schau dir den Film an, sie landen weich, auf dem Popo. Und diesen Videomitschnitt möchte ich gerne haben.«

»Rosi, wenn dein Herz daran hängt, dann tu es alleine. Ich kann da nicht mitmachen.«

»Es kann nicht so lange dauern, wirst du unten auf mich warten?«

»Ja ich fahre dich hin, aber ins Flugzeug steige ich nicht ein.«

»Robert, wir brauchen auch nicht weit fahren. Es ist Fehrbellin, etwa 60 km von hier entfernt.«

»Ja das geht. Gut dann versuche einen Termin zu vereinbaren. Wollen wir deine Kinder einladen, um zuzusehen?«

»Um Gottes willen nein, du kennst doch Manuel. Er würde versuchen, mir das auszureden.«

An einem Mittwoch zwei Wochen später, war es dann soweit. Rosi war etwas aufgeregt. Sie freute sich, auf ihren Sprung.

Insgeheim gebe ich Robert recht, es wäre besser, wir werden ruhiger. Diesen einen Sprung und dann reisen wir künftig, eben ins Kleinwalsertal, Senioren spielen.

Sie schmunzelte. Es lag nicht in ihre Vorstellungskraft, sich solche Urlaube vorzustellen. Erst einmal führte sie der Weg nach Fehrbellin, freute sich Rosi. Als sie zum kleinen Flugplatz kamen, wurden sie an der Tür schon empfangen. Der erfahrene Tandem-Master stellte sich vor und Rosi bekam die Einweisung für den Sprung. Die Bedingungen erfüllte sie: normale Bewegungsfähigkeit, Kein Asthma, Diabetes, oder Bandscheibenvorfälle.

Sie vergaß nicht, zu erwähnen, dass sie einen Videomitschnitt möchte. Den Aufpreis zahlte sie gerne. Dann liefen sie zu der Halle, wo die Fallschirme und Gurte lagen. Rosi wurde der Gurt angelegt. Sie gab Robert noch einen Kuss und sie liefen zum Flugzeug. Rosi drehte sich noch einmal um und winkte. Nach dem Einstieg ins Flugzeug wurde der Motor des kleinen Flugzeuges gestartet. Zuerst fuhr es zur Startbahn. Die Freigabe zum Start bekamen die schnell. Kurze Zeit später hob die Maschine ab und Robert war nicht wohl bei der Sache. Er betete, dass alles gut gehen möge.

Rosi war aufgeregt, jetzt, wo das Flugzeug immer höher stieg. Bei 3000 Meter Flughöhe war es soweit. Sie wurde an den Tandem-Master angeschnallt. Er gab ihr ein paar letzte Instruktionen und schon öffnet sich die Seitentür.

»Frau Becker, sind Sie bereit?«, schrie er ihr entgegen. Oben war es sehr laut. Sie aber nickte und sie sprangen heraus. Rosi schrie auf, durch den freien Fall. Es gefiel ihr. Sie spreizte die Arme, wie sie es gelernt hatte. Einen Looping machten sie und dann riss ihr Tandem-Master an der Reißleine und sie wurden in die Höhe katapultiert, als der Schirm sich öffnete. Nun segelten sie in Richtung Boden und landeten zart auf dem Po.

Robert war froh, als er sie wohlbehalten auf dem Boden sah. Er rannte zu ihr. Rosi wurde erst von ihren Gurten befreit und lief zu Robert. Der Tandem-Master lächelte, als er Rosi so schwärmend reden hörte. Das war für ihn immer das Schönste, wenn es den Leuten gefiel.

»Robert, das war so genial. Das Beste, was ich bisher in meinem Leben unternahm. Wenn du oben im freien Fall bist, fühlst du dich so frei wie ein Vogel. Das Gefühl ist phänomenal. Über den Ruck, als sich der Schirm öffnete, habe ich mich ein bisschen erschrocken. Aber nur kurz. Es sah eindrucksvoll aus, von oben. Du hast etwas versäumt.«

»Nein meine Liebe, ich habe nichts versäumt, glaube mir. Ich fühle mich auf dem Boden sehr gut und sicher«, lachte er. Sie liefen noch einmal mit ins Gebäude und tranken einen Kaffee. Rosi kam aus dem Schwärmen nicht heraus.

Rosis Unfall

Sie wollten nach Hause fahren, und liefen die ganze Strecke zum Auto. Als Rosi die Autotür schon in der Hand hatte und sie wegsackte und hinfiel. Sie schrie vor Schmerzen auf. Robert kam sofort um das Auto, um zu sehen, was mit Rosi ist.

Sie hatte ein schmerzverzerrtes Gesicht.

»Robert ich kann mein Bein nicht bewegen und habe höllische Schmerzen.«

»Bleib ruhig liegen, ich ordere den Rettungswagen.« Rosi war alles egal, die schlimmen Schmerzen sollten nur aufhören. Er durfte das Bein nicht anfassen, so ließ er sie so liegen, rollte seine Jacke zusammen und schob sie unter ihren Kopf. Es dauerte nicht lange und der Rettungswagen war zu hören. Es war auch ein Notarzt vorhanden. Rosis Knie schwoll augenblicklich an. Sie konnte es nicht bewegen.

»Rosi mein Schatz, was war das knallende Geräusch, als du umfielst?«

»Ich weiß es nicht, es kam, glaube ich, vom Knie. Ich habe fürchterliche Schmerzen im Knie und unten am Fuß. Was ist denn bloß geschehen?«

Der Notarztwagen hielt fast neben Rosi.

»Der Notarzt ließ sich den Vorgang erzählen und ein Sanitäter nahm die Daten auf.«

»Herr Doktor ich wollte die Autotür aufmachen, und dabei habe mich vertreten. Ich kam mit dem Fuß zwischen Bürgersteig und Auto und dabei hat sich mein Knie verdreht. Ich bin mit dem Fuß vom Bürgersteig gerutscht und dann hat es geknallt. Ich bin umgefallen, weil ich so starke Schmerzen habe. Mein Fuß unten und das Knie tun höllisch weh.«

»Sie haben sich das Knie böse verdreht, denn es ist schon sehr stark geschwollen. Daher die Knallgeräusche.«

»Die Knallgeräusche hörte ich auch, obwohl ich schon um das Auto ging«, erklärte Robert. Rosi jammerte leise vor sich hin.

»Von einer Skala von 1-10, wobei 10 der größte Schmerz ist, wie empfinden sie Ihre Schmerzen?«

»Bei 9 ½.«

»Ich gebe Ihnen ein Schmerzmittel, dann fühlen Sie sich gleich besser. Wir müssen sie mit in die Klinik nehmen.«

»Herr Doktor was habe ich denn?«

Der Arzt erklärte ihr:

»Wenn das Knie verdreht wird, bildet sich eine Distorsion. Es handelt sich dabei um eine Gelenksverletzung. Eine Distorsion im Knie entsteht, wenn der normale Kniegelenkbewegungsspielraum durch Verdrehen oder auch Umknicken überschritten wird. Dabei wird die Gelenkfläche durch die ursächliche Krafteinwirkung einen kurzen Augenblick aus der normalen Position gehebelt, ohne dass sie dabei vollständig ausgerenkt wird.

Und der Knöchel könnte gebrochen sein. Er ist stark geschwollen und durch ein Hämatom blau.«

»Herr Doktor ich möchte in das Charité Krankenhaus. Ich zahle gerne den Eigenanteil. Das ist auch viel näher an unserem Haus.«

»Siebert teilen Sie das bitte der Zentrale mit.«

»Ja Chef, geht klar.«

»Frau Becker, sie sind nur am rechten Bein verletzt. Mit dem Schmerzmittel sollte es keine Probleme geben. Dann ab in den Krankenwagen.«

Durch das starke Schmerzmittel ertrug Rosi die Krankenwagenfahrt recht gut. Sie kam sofort in die Notaufnahme. Dort wurde sie untersucht und anschließend kam sie zur MRT der

Kernspintomografie. Als Rosi zurück in die Notaufnahme kam, wurde für sie schon ein Bett auf der Station gefunden. Gemeinsam mit Robert wurde die dorthin gebracht. Sie hatte ein Einzelzimmer. Wenig später kam der Oberarzt und erklärte ihr und Robert:

»Wir wissen nicht, wie sie das angestellt haben, aber sie haben erhebliche Verletzungen davongetragen. Zum einen ist es eine Sprunggelenksfraktur, wir nennen es Malleolar Fraktur. Die Malleolar Fraktur entsteht durch das plötzliche Umknicken des Fußes gegen innen oder außen. Bei Ihnen ist es der Außenknochen. Zum anderen ist am Knie das vordere Kreuzband komplett abgerissen, der Meniskus hat einen Riss und Sie haben eine Knorpelabsplitterung. Das bedeutet in Ihrem Fall, wir müssen schnell operieren. Rosi und Robert sind geschockt.

»Das gibt es doch nicht Herr Doktor, ich habe den Tandemsprung ohne Probleme überlebt und ich habe diese Verletzung, nur, weil ich umgeknickt bin?«

»Sie haben in ihrem Alter ein Tandemsprung gemacht? Alle Achtung, Respekt. Sind die mit den Beinen aufgekommen?«

»Nein, wir sind ganz sanft auf dem Po gelandet.«

»Gut, dann kam die Verletzung wirklich nur vom Umknicken und verdrehen. Sind sie mit der OP einverstanden? Dann kommt heute noch der Anästhesist zu Ihnen. Wir versuchen sie heute noch ranzunehmen.«

»Herr Doktor, ich habe wohl kaum eine andere Wahl.« Der Doktor lächelte und gab ihr recht. Sie werden sehen, es wird alles gut gehen.

Als der Doktor das Zimmer verließ, sah Robert geschockt auf Rosi.

»Rosi das tut mir sehr leid, was dir passiert ist. Vielleicht ist es ein Zeichen, dass wir wirklich einen Gang runterschalten sollten.«

»Aber Robert, mir ist nie etwas bei unseren Abenteuern passiert. So ein dummer Fehltritt beutelt mich so.«

»Ich weiß meine Liebe. Ich fahre schnell nach Hause und hole dir ein paar Sachen. Bis dahin weißt du eventuell, wann du operiert wirst.«

»Robert, würdest du es bitte schonend meinen Kindern mitteilen? Für Manuel wird es sowieso ein gefundenes Fressen sein.« Robert besuchte Manuel am Abend und bat auch Karin zu kommen.

»Robert, du alleine, wo ist Mama.«

»Das möchte ich euch gerne erklären.

«Robert fand sich in der Zwickmühle.

»Eure Mutter ist im Krankenhaus, ich komme gerade von ihr. Ich soll euch grüßen.«

»Oh nein, was hat sie wieder angestellt«, frage Manuel.

»Der Tandemsprung ging gut und sie war guter Dinge...«

»Waaas? Tandemsprung, sag, dass das nicht wahr ist? Hättest du sie nicht abhalten können.«

»Manuel, deine Mutter von etwas abhalten? Erzähle mir den Weg? Ich habe ihn noch nicht gefunden. Ich sagte ihr, dass ich da nicht mitmache. Ich fuhr sie hin, glaube mir, sie wäre auch alleine gefahren. Ich habe gebetet, dass nichts passiert. Sie versicherte mir, dass es das Letzte gefährliche sein wird. Die nächsten Urlaube würde sie ruhiger mit mir verbringen.«

»Ja du hast recht, entschuldige. Ich weiß, dass Niemand Mutter von irgendetwas abhält.«

»Robert sage uns bitte, warum ist Mutter im Krankenhaus, gab es einen Zwischenfall mit dem Tandemsprung?«, fragte Karin.

»Nein nein, der Tandemsprung verlief gut, sie landeten sanft auf dem Po. Eure Mutter war so begeistert. Sie erzählte mir, dass sie sich frei wie ein Vogel fühlte. Man sah an ihren leuchtenden Augen, was sie für eine Freude hatte. Wir tranken dort einen Kaffee und wollten anschließend nach Hause fahren. Als sie am Auto war, ist sie mit dem Fuß vom Bordstein abgerutscht und hat sich böse das Bein verdreht. Sie fiel sogleich hin und hatte sehr große Schmerzen. Ich rief sofort den Krankenwagen. Ein Notarzt war dabei und machte die Erstversorgung. Sie wollte unbedingt in die Charité. Da es ihr Allgemeinzustand erlaubte, wurde sie dorthin gefahren. Ich fuhr mit dem Auto nach. Im Moment wird sie operiert. Sie hat sich das Sprunggelenk gebrochen und das vordere Kreuzband am Knie ist abgerissen. Das kann nur operativ gerichtet werden. Ich fahre nachher wieder ins Krankenhaus.«

»Das ist doch nicht zu glauben, Mutter macht einen Tandemsprung, landet glücklich und vertritt sich, beim Auto einsteigen.«

»Genau das hat sie den Oberarzt erzählt. Der Doktor war verwundert, dass sie den Tandemsprung in ihrem Alter unternahm. So seit mir bitte nicht böse, aber ich möchte ins Krankenaus.«

»Robert, ich fahre mit«, meinte Manuel.

»Manuel, sagst du mir nachher bitte Bescheid? Ich glaube nicht, dass es gut wäre, wenn wir alle ins Krankenhaus fahren. Ich fahre dann Morgen zu ihr.«

»Ja ich rufe dich an«, versprach er.

Als sie ins Krankenhaus kamen, wurde Rosi gerade auf ihr Zimmer geschoben. Sie schlief noch. Robert setzte sich zu ihr und hielt ihre Hand. In dem Augenblick öffnete Rosi ihre Augen.

»Mein Schatz, du hast alles überstanden. Den Rest schaffen wir zusammen. Schau, wem ich dir mitgebracht habe.«

Als sie Manuel sah, grinste sie. »Nein mein Sohn, der Tandemsprung war nicht schuld, nur so eine blöde Bordsteinkante.« Manuel lächelte seine Mutter an.

»Mutter wann wirst du erwachsen?«, schmunzelte er.

»Erwachsen? Wer will das denn? Ich will mir mein kindliches Gemüt so lange wie möglich erhalten.«

Es dauerte nicht lange und der Professor persönlich kam ins Zimmer.

„Guten Abend Frau Becker. Da haben Sie uns vor einer schwierigen Aufgabe gestellt, die wir allerdings meisterhaft zu Ende gebracht haben. Ich habe noch nie ein Fall gehabt, dass man sich das Bein so schlimm verletzen kann, und dass beim ins Auto einsteigen. Ich habe Sie operiert und ich kann Ihnen sagen, es ist alles gut gegangen. Sie sind soweit gesund, da werden sie eine schnelle Wundheilung haben. Wenn alles so weiter geht, können wir Sie in zwei Tagen in die Rehaklinik unseres Hauses bringen lassen. Dort lernen sie mit den Krücken umzugehen. Nur wiegen sollten Sie sich dann nicht, die Beinschiene wiegt einiges. Sie müssen auch lernen, ihr Bein nicht zu schnell zu belasten. Das wird ihnen alles beigebracht. Meine

Herrschaften, ich wünsche Ihnen einen angenehmen Abend."

„Danke Herr Professor", erklärten auch Robert und Manuel pflichtete ihm bei. Damit verabschiedete sich der Professor. In den nächsten zwei Wochen lernte Rosi alles, damit sie sich wieder selbst fortbewegen konnte. Sie hatte mit der Beinschiene Probleme. Sie bekam einen Rollstuhl zu den Krücken. Dazu erklärte man ihr, dass sie den Rollstuhl hatte, wenn sie raus wollten und dass das nur kurzfristig sei.

Rosi freute sich riesig, als sie endlich nach Hause durfte. Das Laufen fiel ihr schwer. Nach ein paar Wochen war auch das überstanden. Sie musste noch aufpassen und beim Wetterumschwung verstärkten sich die Schmerzen.

»Ich sage dir Robert, älter werden ist nichts für Feiglinge. Früher hätte ich das viel leichter wegesteckt. Wenn meine Mutter darüber klagte, wollte ich es nie glauben. Heute muss ich ihr recht geben. Ich weiß genau, was sie meinte.«

»Wie recht du hast, nur bei dir war es ein Unfall. Ich kann nicht erkennen, dass es etwas mit deinem Alter zu tun hat.«

»Na ja, ein bisschen morsch werden die Knochen gewesen sein. Ich möchte mich nicht beklagen, mir geht es trotzt allem recht gut.

Cuxhaven

R obert mal was anderes, ich hatte in der Reha viel Zeit zum Nachdenken...«

»Liebes, du weißt, was du mir versprochen hast?«

»Darum geht es ja. Ich bin bereit, unsere Urlaube ruhiger angehen zu lassen. Schweren Herzens sehe ich ein, dass ich froh sein sollte, recht gesund zu sein. Ich möchte es auch nicht auf die Spitze treiben. Was hältst du denn davon, wenn wir uns jeder ein Elektromobil kaufen und damit die Gegenden unsicher machen. Wir könnten dann wirklich ins Kleinwalsertal oder an die Nord- und Ostsee fahren. Das kommt dir doch bestimmt sehr gelegen, oder?«

»Und du willst keine Rallys fahren?«

»Wenn ich es dir doch sage. Nein ich will keine Rallys fahren. Das Bein hier hat mir für eine Weile gereicht, obwohl es nicht bei einer Aktivität passiert ist. Schau mich nicht so ungläubig an, ich meine es ernst.«

Rosi holte Prospekte über das Elektromobil.

»Wir sollten uns aber richtig schöne fetzige kaufen. Nicht die normalen für Jedermann«, lächelte sie.

»Schau mal diese hier würden mir gefallen. Ein kleiner Silberpfeil. Mir gefallen die etwas größeren Räder, damit schafft man einen Bürgersteig, mit einer Höhe von 10 cm mühelos. Mit einer Steigfähigkeit von 18 Prozent sind auch steilere Wegstrecken gut zu bewältigen. Mit seinen flotten 15 Stundenkilometern ist man so schnell unterwegs wie ein Fahrrad und dank der Reichweite von bis zu 60 Kilometern sind auch ausgedehnte Ausflüge möglich. Ich gebe zu, sie könnten etwas schneller sein, aber im Notfall geht das auch.«

Robert lachte.

»Du meinst es wirklich ernst was? Das gefällt mir. Und einen Minikofferraum haben sie. Da wird dein Toastbrot nicht nass.« Beide lachten herzlich.

Sie suchten sich schon die Farben aus. Rosi mochte den roten Ferrari, wie sie ihren Flitzer nannte. Robert nahm den Silberpfeil. Er sah ein, dass es für Rosi gut wäre, wegen ihrem Beim. Robert merkte seine Knochen auch langsam. Er bekam Arthrose in den Knien. Reisen mochten sie immer noch gerne. Ihre Kinder freuten sich, dass Rosi endlich einsichtig war und nicht mehr so hoch hinauswollte.

Sie kauften sich die Elektromobile. Als sie geliefert wurden, bekamen sie eine Einweisung. Die Probefahrt bestanden sie mit Bravour. Die Nachbarn schmunzelten und gaben ihnen Recht. Rosi hatte natürlich eine Fahne dran, wie sie es wollte. Im darauffolgenden Jahr buchten sie ihre erste Reise nach Rosis Unfall. Das Laufen verursachte nur noch vereinzelt Probleme. 14 Tage nach Cuxhaven. Ihre Elektromobile schickten sie voraus. Am Hotel mieteten sie sich eine Garage. Die 4 Stunden fuhren sie mit dem Auto nach Cuxhaven. An nächsten Tag fuhren sie mit ihren Mobiles, herum und auf einmal stockte Rosi. Robert schaute sie fragend an.

»Hier war es, ja genau hier im Vogelsand diese Ferienwohnungen, oben im 1. Stock mit Blick auf das Meer. Hier haben Rainer und ich einmal Urlaub gemacht. Das ist schon so lange her. Ich weiß es, weil dort etwas Unschönes passiert ist. Ein schönes Zweizimmer-Apartment, die Küchenzeile war im Wohnzimmer integriert. Ein gemütliches Sofa, ein

Tisch und 2 Stühle.« Rosi schaute auf ihren rechten Zeigefinger. Robert kam zu ihr und sah auf eine kleine Narbe.

»Was ist passiert?«

»Rainer war wie immer, morgens Brötchen holen und ich deckte den Tisch. Ich öffnete eine Dose Cornedbeef. Das waren die Dosen, die man unten mit einem Schlüssel aufdrehen musste. Als ich die Dose aufdrehte und auseinanderzog, habe ich mich geschnitten. Das Blut spritzte nur so. Ich stand am Waschbecken und die Küchenrolle war auf der anderen Seite. Als ich zur anderen Seite lief, habe ich noch mehr Blut verspritzt. Ich übte Druck auf die Wunde aus mit der Küchenrolle und wartete auf Rainer. Als er kam, fragte ich ihn, ob er mal ein Pflaster habe. Als er das ganze Blut sah, ist er runter gerannt zum Auto und hat Verbandsmaterial geholt. Ich glaube, er war noch nie so schnell die Treppe runter und wieder hochgelaufen. Als er die Wunde sah, meinte er, dass die Wunde genäht werden muss. Ich wollte davon nichts wissen. Rainer band mir das Pflaster fest um den Finger. Klar schmerzte es. Er dachte sich, wenn ich den Finger bewegte, würde die Wunde immer wieder aufreißen. Er nahm ein Schokoriegel, innen war er in Pappe gelegt. Und Rainer formte mir daraus eine Schiene. Es war ein Daim, damals wurde die Reklame gemacht: Dein erstes Daim vergisst du nie. Das hatte ab diesem Tag eine ganz neue Bedeutung. Es war unser erster Daim gewesen. Seitdem machte ich solche Dosen nicht mehr auf. Als er den Finger neu verband, ist es wieder auseinandergegangen und wieder sagte er, dass ich das nähen lassen sollte. Ich stimmte zu, aber auf halben Weg wollte ich nicht mehr in die Klinik. Ich erinnerte mich, dass eine gute Bekannte sich an ihrem Zeigefinger von einem Professor operieren ließ und in ihrem Finger ein kleines Loch entstand. Da sie Friseurin war, bekam sie immer kleine Haare rein und der Finger entzündete sich. Wir drehten wieder um, obwohl Rainer das nicht verstand. Schau ihn dir heute an Robert, man sieht nur die kleine Narbe und kein Loch.« Rosi lachte und Robert schüttelte nur den Kopf. Sie fuhren auf ihren Mobiles weiter und erkundeten die Gegend. Bis sie ein Angebot zu einer Überfahrt nach Helgoland sahen. Beide sagten, wie aus einem Mund: „Das sollten wir auf jeden Fall mitmachen. Als sie am Kai standen, waren sie erstaunt über das riesige Schiff. Sie nahmen an, es würde sich um einen normalen Dampfer handeln. Ein Mann, der ihr erstaunen mitbekam erzählte ihnen:

„Sie werden dir Fahrt ihr Leben nicht vergessen. Die MS Wappen von Hamburg ist Deutschlands größtes, modernstes schnellstes, konventionelles Hochseebäderschiff im Helgolanddienst. Möchten sie weitere Details hören?" Robert bat darum und Rosi nickte.

„Baujahr 1964-1965, Taufe 16.02.1965, Baukosten 31 Millionen DM, BRT 4438, Länge 109,60 m, Breite 15 m, Höhe 30 m, Tiefgang 4,08 m, maximale Geschwindigkeit 22 kn/Sm, Dienstgeschwindigkeit 20,4 kn/Sm (37,7 km/h), Verbrauch 1510 l Diesel/h, Sitzplätze unter Deck 1.500, auf Frei Deck 300, Zugelassen für 1800 Tagespassagiere."

„Sagen Sie, woher wissen Sie die Daten so genau?"

„Das Schiff ist meine große Liebe, ich habe sie sogar in 1000 Stunden als Model nachgebaut. Wenn ich Ihnen einen Tipp geben darf, buchen sie auf das oberste Deck. Dort stehen Liegen und sie haben einen fantastischen Ausblick. Nun müssen sie aber an Bord gehen, ich wünsche Ihnen eine gute Fahrt."

„Herzlichen Dank sagte Robert, das war sehr aufschlussreich." Rosi gab ihm auch die Hand und dann gingen sie an Bord.

Es war ein traumhaft schöner sonniger Tag. Das Meer war ruhig. Sie buchten ihren Platz auf das oberste Deck. Der Mann hatte recht, man hatte hier oben einen herrlichen Ausblick. Sie sahen wie die Sonne auf dem Meer glitzerte. So langsam dösten sie dahin, als sie auf einmal ein sehr lautes Geräusch hörten. Es klang wie ein Hubschrauber. Und richtig es war ein Hubschrauber, er flog dicht am Schiff vorbei. Rosi und Robert konnten den Piloten gut sehen, wie er ihnen zuwinkte. Bis er wieder abdrehte. Die Leute grübelten, was das sollte. Der Kapitän klärte sie auf, der Pilot wollte nur mal Hallo sagen. Alle fanden das sehr nett und außergewöhnlich. Nur stank es sehr nach Kerosin.

Die großen Schiffe mussten wegen ihrer Größe vor Helgoland ankern und es kamen die kleinen Börteboote. Beim Helgoländer Börteboot handelt es sich um ein hochseetüchtiges ca. zehn Meter langes und drei Meter breites Boot, aus massivem

Eichenholz, mit einem Tiefgang von ca. einem Meter. Das Börteboot ist ca. acht Tonnen schwer. Damit wurden die Passagiere auf die Insel gebracht. Ein besonderes Erlebnis wie Rosi und Robert fanden.

Die kleinen Geschäfte auf Helgoland fanden wie immer Rosis Interesse. Es wurde Nachmittag und als sie in die Nähe der Langen Anna kamen wurde sie von der Sonne angestrahlt. Die lange Anna, die Helgoländer nennen sie zärtlich Nathurn Stak, ist ein 47 Meter hoher Brandungspfeiler. Er ist ca. 25.000 Tonnen schwer und aus rotem Bundsandstein und hat eine Gesamtfläche von 180 m². Weniger prominent ist die mit dem Oberland von Helgoland verbundene Kurze Anna, die rund 50 Meter weiter östlich steht, und sich erst am 31. Januar 1976 durch den Abbruch eines großen Felsenstückes bildete. Die Wellen nagen jedoch bedrohlich an dem bekanntesten Naturdankmal Deutschlands. Bei Stürmen wie dem Orkantief „Resi" bangten die Bewohner von Deutschlands einziger Hochseeinsel, ob ihr weltberühmtes Wahrzeichen standhält.

Durch die Sonne leuchtete das rote Gestein noch intensiver.

Robert lobte Rosi für diese Information. Er wusste immer alles gerne ganz genau. Sie hat immer die richtige Reisebeschreibung parat. Diese Helgolandtour fand bei Rosi und Robert großen Anklang. Rosi kaufte auf dem Schiff eine Ansichtskarte, wo die Daten des Schiffes draufstanden. Sie sahen, der Mann am Kai in Cuxhaven hatte alles genau erklärt.

Rosi und Robert tranken auf dem Schiff Kaffee und aßen Kuchen, was ihnen sehr mundeten. Sie fielen abends müde ins Bett. Den ganzen Tag an der frischen Luft zollt seinen Tribut. Sie schliefen glücklich ein. Den nächsten Tag wollten sie sich an den Strand begeben. Sie mieteten einen Strandkorb und ließen es sich gut gehen. Mittags gingen sie in ein Fischrestaurant.

Sie machten weitere Fahrten, so mit einer Pferdekutsche im Watt zur Insel Neuwerk. Sie wunderten sich, warum die Pferdewagen so hoch waren. Sie mussten über eine Leiter dort einsteigen. Der Grund wurde ihnen später klar. An manchen Stellen war das Wasser auch bei Ebbe recht tief. Der Kutscher des Pferdewagens erzählte dazu schaurige Geschichten. So soll es nicht selten vorgekommen sein, dass dabei ein Mensch ertrank. Es hörte sich alles echt an, bis herauskam, dass diese Erklärung reines Seemannsgarn war. Der Fahrer freute sich jedes Mal, wenn seine Storys ankamen und er in die verschreckten Gesichter schauen konnte. Sein Fietje neben ihm, klärte die Geschichten meistens auf.

 Robert trank dort seinen ersten guten Eier Grog. Er meinte er wäre sehr lecker gewesen. Rosi kaufte sich dort eine Ansichtskarte mit dem Rezept darauf.

Beide liebten den Wind, wenn er ihnen um die Nase wehte. Die salzhaltige Luft tat beiden gut. So oft sie konnten, waren sie draußen. Auch auf der Insel Neuwerk setzten Sie sich auf eine Bank. Rosi hatte bedenken, wegen der Ebbe, ob sie auch rechtzeitig wieder zurückkamen. Ihre Bedenken waren unbesorgt, der Fietje trommelte die Leute rechtzeitig zusammen und sie fuhren zurück.

Rosi und Robert liefen gerne zur Alten Liebe. Das ist ein ehemaliger Anleger im Hafen von Cuxhaven, der heute als Aussichtsplattform dient. Eine Eisdiele hat es Rosi besonders angetan. Dort kehrten sie gerne ein.

Rosi las aus ihren Reiseunterlagen vor:

Das Bauwerk wurde erstmals 1733 durch die Versenkung von drei ausgedienten Schiffen an dieser Stelle errichtet. Die Schiffe wurden mit Pfählen umgeben und die Zwischenräume mit Steinen und Buschwerk ausgefüllt. Ziel war es, den durch Sturmfluten beschädigten Hafen zu befestigen und die große Bake zu sichern, die damals die Hafeneinfahrt markierte. Später diente die Alte Liebe als Schiffsanleger und wurde regelmäßig erneuert. 1982 wurde das Bauwerk in eine reine Aussichtsplattform umgewandelt, zugleich wurden die maroden Holzpfähle des Unterbaus durch eine Konstruktion aus Stahlbeton ersetzt. Darüber befindet sich heute ein zweistöckiger Pfahlbau aus Holz, von dessen Galerie Besucher die Schifffahrt auf der Unterelbe beobachten können. Über eine Lautsprecheranlage werden die Besucher von April bis Oktober täglich zwischen 10 und 19 Uhr unter anderem über Größe und Herkunft der vorbeifahrenden Schiffe informiert.

»Rosi, diese Ansagen sind sehr interessant.«

»Ja finde ich auch. Obwohl ich es weiß, wundere ich mich, wie solche großen Containerschiffe auf dem Wasser schwimmen können. Ich kenne den Grund, aber es ist immer wieder erstaunlich. Das hat etwas mit dem Archimedes'schen Gesetz zu tun: Der Auftrieb ist gleich dem Gewicht der verdrängten Wassermenge.

Denke nur an die Kreuzfahrtschiffe. Das sind für mich reine Hochhäuser. Für mich bleibt es trotz Wissen ein Phänomen.«

»Du hast es richtig erkannt, das hat etwas mit dem Auftrieb zu tun. Kreuzfahrten mag ich nicht so gerne. Dann lieber doch deine verrückten Aktivitäten. Rosi lächelte.

Sie hatten einen traumhaft schönen Urlaub und fuhren nach den 2 Wochen glücklich nach Hause. Rosi freute sich diebisch auf ihren Sohn, der bestimmt wieder eine Katastrophe witterte. Sie kostete das aus und lud ihre Familie zum Kaffee ein.

»Oh wir sind bei Mutter zum Kaffee eingeladen?«, fragt Manuel seine Frau.

»Ich bin gespannt, was sie nun schon wieder angestellt hat. Robert hat sie augenscheinlich nicht im Griff«, schmunzelte er.

»Ach Manuel, sei nicht immer so pessimistisch.«

»Ich und pessimistisch? Soll ich anfangen aufzuzählen?« Rita lachte und meinte, dass er das nicht bräuchte.

»Lass uns hinfahren und schauen, wie der Urlaub war.«

Rosi empfing ihre Familie herzlich. Manuel traute dem Braten nicht. Er lauerte, was gleichkommt. Die Kinder stürzten sich auf Rosi und Robert.

»Na ihr Racker, was macht die Schule?«

»Alles prima Oma, wir werden wieder beide versetzt.«

»Wow, das freut mich aber. Ihr seid auch schlaue Köpfe. Hier habe ich etwas für euch mitgebracht.« Rosi holte zwei Leuchttürme, einen mit roten Fenstern und einen mit blauen Fenstern. Melanie rief gleich, dass sie die roten Fenster wollte. Benny erklärte ihr, dass er die roten Fenster gar nicht mochte. Er wäre doch ein Junge und kein Mädchen. Benny merkte gleich, dass die Leuchttürme klapperten. Benny fand schnell heraus, dass es Spardosen waren.

»Oh danke Omi und Opi. Das ist cool, ich spare für ein besonderes Fahrrad und Melanie für Gegenstände für ihr Barbie Haus.«

»Wenn ihr fleißig spart, könnt ihr euch eure Wünsche erfüllen.«

»Papa soll ich wieder mal den Rasen mähen?«, fragte Benni seinen Vater. Manuel freute sich, dass er von sich aus fragte. Kleine Aufgaben konnten die Kinder im Haus übernehmen.

»Was denn Manuel, du hast dieses Mal keine Zeitung dabei?«, frotzelte Rosi mit ihrem Sohn.

»Hast du eine liebe Mutter?«

»Nein warum sollte ich? Ich habe nur die Tageszeitung, die hier geliefert wird, brauchst du eine?«, sie spannte Manuel noch etwas auf die Folter. Es macht ihr ein Heidenspaß.

»Nein. Nun sag schon, wie war euer Urlaub.«

»Wunderbar mein Sohn. Wir hatten tolles Wetter, trafen nette Leute, wie so ein Rentnerurlaub eben ist. Waren gut Essen und Trinken, Robert konnte einen echten friesischen Eier Grog auf der Insel Neuwerk trinken.«

Rita fragte nach ihrer Gesundheit. Damit wollte sie ihrem Manuel helfen. Aber auch sie bekam nichts heraus. Als es an der Tür klingelte, lagen sich

Rosi und Karin in den Armen. Sie wurden mit einem großen Hallo begrüßt.

»Und wisst ihr schon, welche Kapriolen Mutter veranstaltete?«, fragte sie in die Runde. Manuel schüttelte nur leicht den Kopf. Dann erhob Robert seine Stimme.

»Ich kann euch versichern, es gibt nichts Spannendes von eurer Mutter zu berichten. Außer das eure Mutter für mich immer spannend ist. Sie war vorbildlich und genoss diesen Urlaub. Wir fuhren viel mit den Mobiles herum, machten Schiffsfahrten und ließen es uns gut gehen. Das Essen an der Nordsee war phänomenal. Ihr seht mich also absolut entspannt hier sitzen.«

»Ach Robert, warum hast du mich nicht noch ein bisschen weiter machen lassen«, fragte Rosi.

»Aber mein Schatz, willst du, dass dein Sohn einen Herzinfarkt bekommt?« Alle lachten am liebevoll gedeckten Kaffeetisch. Sie ließen sich die erlesenen Kuchenstücke schmecken. So recht glauben, konnte es Manuel immer noch nicht. Rosi setzte sich zu ihrem Sie schaute Manuel an. »Mein Sohn, du kannst es uns glauben, es war ein ganz normaler Urlaub, wie ihn viele verbringen. Nun schau nicht so pessimistisch«, lachte sie.

Karin meinte auch, dass sie es ihrer Mutter glaubte. Rita saß an der rechten Seite von Manuel und knuffte ihn in die Seite. »Ich habe dir doch gesagt, dass alles gut geht.«

»So langsam muss ich es wohl glauben«, neckte er seine Mutter. Zu seiner Frau geneigt, meinte er: «Du hast wie immer recht. Was habt ihr Frauen an euch, dass ihr so oft recht habt. Verstehe einer die Frauen.«

Drei Monate später bat Karin die Familie um ein Treffen. Sie ist schon eine Weile mit ihrem Therapeuten Peter liiert. Alle mögen Peter, er passt sehr gut in den Familienclan. Die Familie traf sich dieses Mal in Rosis geliebten Eiscafé La Piazza. Rosi mietete den hinteren Raum, damit sie ungestört sind. Als sich alle eingefunden haben, merkte jeder, wie nervös Karin war. Als jeder sein Getränk und Kuchen hatte, begann Karin:

»Liebe Familie, ihr wisst, dass ich eine schwierige Zeit hatte und ich eine Therapie machen musste. Ihr wisst auch, dass Peter mein Therapeut war und mir aus dem ganzen Mist herausgeholfen hat. Ich liebe ihn sehr und er machte mir letzte Woche einen Heiratsantrag und ich habe ja gesagt.« Die letzten Worte schrie sie fast, so freue sie sich. Alle redeten durcheinander. Sie nahmen Karin und Peter in den Arm und beglückwünschten sie. Rosi war ganz aus dem Häuschen.

»Wann und wo wollt ihr denn heiraten?«

»Wir bitten euch um Verständnis, dass wir nur eine kleine Hochzeit möchten. Na klar mit euch und nur noch ein paar auserwählten Leuten. Ich habe einmal mit dem ganzen Pomp geheiratet und es klappte nicht. Wir möchten nur standesamtlich heiraten.

Liebe Mutter, da ich deine Tochter bin wird die Feier nicht ganz so üblich ausfallen. Das wird dir vermutlich gefallen. Die Feierlichkeiten finden auf der Pfaueninsel in dem kleinen Schlösschen statt. Im Obergeschoss hinter der Hauptfassade befindet sich der Festsaal. Ich habe mit der Stiftung - Preußischer Schlösser und Gärten Berlin-Brandenburg - gesprochen und wir bekommen den Saal zum 2. Mai nächsten Jahres.« Ein wohlwollendes Raunen ging durch die Familie. Rosi war ganz aus dem Häuschen.

»Ja das ist meine Tochter. Ihr habt euch eine, schöne Ambiente ausgesucht. Ich hätte das nicht besser machen können.«, lachte sie. Auch der Rest applaudierte. Benni und Melanie sprangen auf und tanzten. »Wir feiern in einem Schloss, wir feiern in einem Schloss«, freuten sie sich. Rosi wandte sich an ihren Fast-Schwiegersohn.

»Wie hast du meine Tochter dazu bekommen Peter?«

»Ich hatte damit nichts zu tun, das hat sie selber entschieden. Sie fragte mich nur, ob ich einverstanden wäre.«

»Wow, das kam von dir Karin?«

»Ja Mutter da staunst du, was? Wir werden auch im Schloss getraut. Wir haben einen Standesbeamten mit Außenstandorte gefunden. Es war nicht leicht, aber es hat geklappt. Somit ist die Ehe auch rechtsverbindlich. Es ist wie eine standesamtliche Trauung. Ich finde die Idee genial, dort zu heiraten, wo auch gefeiert wird.«

»Das ist phänomenal. Ich freue mich für euch.«

»Schwesterchen, ich bin erstaunt und finde das auch Klasse, man muss nicht immer in verstaubten Amtsstuben heiraten. Respekt.«

Die Zeit bis zum nächsten Mai verging rasch und die Hochzeitsvorbereitungen waren abgeschlossen. Die Freunde und Verwandten waren eingeladen. Der Standesbeamte war pünktlich. Als sich die Gäste in einem der unteren Räume des Schlosses versammelt hatten, begann die Trauung. Peter stand neben dem Standesbeamten. Karin kam herein und sie bekam bewundernde Blicke über ihr Aussehen. Sie trug ein beiges halblanges Kleid mit kleinen Strasssteinen. Es war dezent und doch auffallend. Ihre langen Haare wurden hochgesteckt und mit Blumen versehen. Peter traten die Tränen in die Augen, als er seine zukünftige Frau sah. Die Trauung verlief so, wie sich das Karin und Peter wünschten. Die anschließende Feier war traumhaft. Fleißige Helfer hatten für das leibliche Wohl gesorgt. Der Koch von einem Hotel zauberte ein köstliches Mahl.

Roberts Sohn Kai mit seiner Band sorgte für den musikalischen Teil. Ungläubig sah Robert zu der Band hinüber, die sich aufstellte. Robert putzte sich seine Brille mit der Serviette. Er wunderte sich doch sehr. Irritiert fragte er Rosi:

»Ist das mein Sohn Kai, oder hat er ein Double?«

Rosi lachte. »Ja das ist wirklich dein Sohn Kai. Er und seine Bandmitglieder sehen gut aus, in den Anzügen. Jetzt hat er dich überrascht.«

»Das hat er wirklich. Nicht mehr Heavy Metall? Ich gebe zu, ich bin etwas irritiert.« Die Band spielte noch nicht, so ging Robert zu seinem Sohn. Kai lachte schon, als er seinen Vater kommen sah.

»Da staunst du Papa, was? Um deine Frage vorwegzunehmen, ja wir spielen auch auf Hochzeiten. Das kleine Zubrot nehmen wir gerne an. Gute Musiker können alles und nach Noten spielen. Das macht die Bandbreite größer.«

»Kai ich bin mächtig stolz auf dich. Das wusste ich nicht.«

»Danke. Kannst du auch nicht, ich bat Rosi dir nichts zu sagen. Ich wollte dich überraschen. Nun genieße den Abend und höre es dir an. Wir fangen in wenigen Minuten an zu spielen.« Robert lachte ihn glücklich an. Er ging wieder an seinem Platz. Rosi schmunzelte.

„Meine Liebe, du bist ein Schlitzohr«, meinte er zärtlich. Die Band spielte leise Musik zur Untermalung des Essens. Neben Robert saß sein Sohn Michael.

Er drehte sich zu ihm. »Du hast das auch schon gewusst?«

»Ja Papa, ich durfte nichts sagen. Er war so euphorisch als sie sich entschieden, auf Hochzeiten zu spielen. Zuerst gab es einige Kämpfe, weil ein Bandmitglied sich weigerte solche Musik auf Hochzeiten zu spielen. Er wurde schnell überstimmt und der Erfolg gab ihnen recht. Als Karin auf ihn zukam, übten sie normale Schlager ein. Bis zu diesem Auftritt hier, hatte die Band einige Gigs, um herauszufinden, wie sie ankamen. Die Band hat jetzt einen Manager, der scheint gut zu sein. Alles was er ihnen rät, wird erfolgreich. Ich habe mich für Kai gefreut. Er sagte mir, irgendwann hat er Gelegenheit dir zu zeigen, dass die Band auch anders kann. Wie es sich zeigte, hat es sich erfüllt. Kai lebt für seine Musik und die Band ist erfolgreich. Er hat das Glück, dass er seinen Traum leben darf.« Weiter konnten sie sich nicht unterhalten, weil das Essen serviert wurde.

»Was hat uns Karin erzählt, die Hochzeit ist nur im kleinen Rahmen? Ich schätze, es sind fast 100 Leute hier.«

»Das hat mich auch überrascht. Sie ist wunderschön. Ich wünsche ihr alles Glück der Welt, so wie wir es haben.« Rosi hat sich nie zu träumen gewagt, dass sie mit Robert einmal so eine gute Beziehung haben wird. Mit Rainer damals gab es mehr Eckpunkte.

Später als Rosi und Robert zu Hause waren, unterhielten sie sich über die Feier.

»Robert, ich hätte nicht zu glauben gewagt, dass Karin noch einmal heiratet. Peter kann ihr in allen Lebenssituationen helfen. Er ist ein netter Kerl.«

»Ja Rosi, es hat alles gestimmt. Es war eine wunderschöne Hochzeit. Ich bin auf die Bilder gespannt. Vor dem Schlösschen müssen sie zauberhaft sein. Es war ein schönes gehobenes Ambiente. Auf diese Feier fühlten sich sogar meine Söhne wohl.«

»Wir haben eine tolle Familie, das können wir mit Fug und Recht behaupten. Ich bin stolz auf sie.« Robert drückte ihre Hand als Bestätigung und schlief dabei ein.

12 Jahre später

Rosi und Robert machten nur noch Urlaube, die sie in Deutschland verleben konnten. Sehr gerne fuhren sie an den Bodensee. Dass man dort mit dem Schiff überall hinkam, gefiel beiden. Sie genossen die Sonne. Bis bei Rosi und Robert die altersbedingten Wehwehchen begannen. Rosi hat sich seit der Beinoperationen nie richtig erholt und klagte immer wieder über Schmerzen. Auch Roberts Knochen taten ihm oft weh. Die Arthrose plagte ihn. Beide machten keines Aufhebens darum. Sie wussten, es ist nun einmal im Alter so, das wird mit Jammern nicht besser. Brenzlich wurde es erst, als Robert vor drei Jahren einen Herzinfarkt bekam, den er überstand. Rosi bekam Herzrhythmusstörungen. Die Tabletten wurden immer mehr, die sie einnahmen.

Ihre Kinder kümmerten sich liebevoll um die Zwei. Bis das Leben zu beschwerlich wurde, sodass sie sich eine Pflegerin nahmen. Manuel suchte sie gewissenhaft aus, denn Rosi und Robert wollten ihren Kindern nicht zur Last fallen. Ihr Wintergarten wurde ausgebaut und sie liebten es dort zu sitzen. Er hatte einen Kamin, den sie oft anzünden ließen. Robert liebte es im Winter, wenn es draußen schneite und innen hatten sie eine wohlige Wärme. Da sie ein Glasdach hatten, konnten sie nachts die Sterne sehen. Das liebte Rosi sehr. Besonders im August, wenn vermehrt Sternschnuppen zu sehen waren.

Robert stand kurz vor seinem 80. Geburtstag. Rosi war 77 Jahre alt. Noch immer waren sie in inniger Liebe verbunden und hielten sich oft an den Händen. Eines Abends sagte Robert:

»Rosi, ich bin dir sehr dankbar, dass du mich damals überallhin mitgeschleift hast. Deine verrückten Urlaube waren der Renner. Meine Söhne nannten dich liebevoll „meine verrückte Lady." Wenn ich auch manchmal Bedenken hatte. Es war nicht alles ungefährlich. Weißt du noch im Louvre?«

»Ja Robert wir haben nichts zu bereuen, wir machten alles richtig, weil es uns guttat. Weißt du, ich finde, alles hat seine Zeit und in dieser Zeit, war es so, dass für meine verrückten Urlaube die richtige Zeit war. Hätten wir bis jetzt gewartet, dann hätten wir nicht diese schönen Erlebnisse. Das wäre doch schade.«

»Ja meine Liebe, das wäre es. Aus unseren Kindern sind auch gute Menschen geworden, die ihren Weg gehen. Schau dir nur Benni und Melanie an. Sie haben das Interesse, das Juweliergeschäft ihres Vaters zu übernehmen. Sie werden Neuerungen reinbringen, die Manuel nicht so gefallen werden. Er muss mit der Zeit gehen. Junge Leute haben andere Ideen. Das ist der Lauf der Welt. Er wird schon damit klarkommen. Wie die Zeit doch rast, Benny ist 22 Jahre alt und Meli 20. Sie macht das Abitur und wird Schmuckdesign studieren, wie du damals. Du wirst ihr noch das eine oder andere mit auf dem Weg geben können. Es wird nicht mehr sehr lange dauern und Benni ist Goldschmied. Wie schön, dass sie das Geschäft weiterführen werden und auch wollen. Dann stirbt die Dynastie Weber nicht aus.«

»Die ist nun schon seit 5 Generationen in unserer Familie. Ich hoffe, es wird sie auch in Zukunft geben«.

»Robert, auch deine Söhne sind gut Menschen. Kai konnte immer seine Träume mit der Musik verwirklichen. Das er einmal zur klassischen Musik wechselt, war nicht vorhersehbar. Ich finde es beachtlich, dass er in späteren Jahren noch einmal mit dem Studium begann und mit Auszeichnung bestand. Schnell fand er seine Berufung bei den Philharmonikern. Was eine Frau doch bewirken kann. Eine neue Liebe machte es möglich.«

»Oh ja meine Liebe, schau was du aus mir gemacht hast. Du hast mein Leben mit deiner quirligen Art bereichert.«

Der 80. Geburtstag

Die Kinder von Robert und Rosi suchten eine Überraschung für Roberts 80. Geburtstag. Kai hatte eine Idee die alle zuerst mit Skepsis begegneten, nach einigen Treffen aber Zusehens begeisterte. Kai hatte seine Beziehungen spielen lassen und einen alten Freund aus der Cats Inszenierung eingeladen.

»Hört zu wir haben noch 5 Monate bis zum Geburtstag. Unsere Eltern liebten so lange ich denken kann das Musical. Mein Freund Cleo hier könnte uns helfen, dass wir ihnen einen Teil vorspielen. Wir hätten jemanden der uns schminkt und die Kostüme könnten wir uns leihen. Einen Choreographen könnten wir bekommen. Was haltet ihr davon? Werden wir die Zeit finden?«

»Eine coole Idee fand Melanie, auch Benni war begeistert. Die anderen überlegten es sich und Manuel meinte:

»Ich spiele dann Old Deuteronomy, der braucht sich am wenigsten zu bewegen«, grinste er. Alle lachten. Cleo packte Bilder auf den Tisch. »Wenn Sie sich auskennen, macht es die Sache einfacher.

Hier suchen Sie sich erst einmal die Figuren aus, die sie spielen wollen.«

Nach längerer Betrachtung der Bilder waren sich alle einig.

Karin entschied sich für Grizabella der Glamour Cat. Das passte auch, weil sie sehr schlank war.

Michael wollte Gus Growltiger, Benni Macavity, Melanie Bombalurina und Kai Mister Mistoffelees.

»Gut, dann sollten wir jetzt die Trainingszeit festlegen. Es wird ein straffes Training sein und bitte seien Sie pünktlich, die Zeit wird knapp«, meinte Cleo.

Kai wandte sich an Cleo:

»Klappt es noch mit der Gesangslehrerin? So unbegabt ist unsere Familie nicht.«

»OK ich werde mich darum kümmern.«

»Danke mein Freund, du hast etwas gut bei mir.«

Das Training bis zum Geburtstag war hart, aber jeder gab sein Bestes. Die Nervosität stieg mit jedem Tag. Manuel suchte mit Kai einen geeigneten Raum. Vom Theater liehen Sie sich die Requisiten. Die Kostüme passten auch. Michael lud Robert und Rosi ein. Ein Auto holte sie ab. Robert verstand nicht, warum er seinen Geburtstag nicht zu Hause feiern konnte.

»Nun komm schon Robert, du weißt, wie ich damals eingeladen wurde.«

Ihre Kinder hatten keine Mühen gescheut, dass alles auf die Beine zu stellen. Cleo hatte noch ein paar frühere Kollegen engagieren können, um mitzutanzen. Als sie in den gemieteten Saal kamen, gab es ein großes Hallo, denn viele Weggefährten von Robert und auch Rosie waren schon im Saal. Ein Geburtstagsplaner führte durch den Abend. Robert vermisste die Kinder. Als alle Platz genommen hatten, wurde das Licht abgedunkelt und der Vorhang ging auf.

»Robert schau doch nur, das sieht aus wie Cats, erinnerst du dich noch?« Robert bekam den Mund nicht mehr zu, so staunte er. Dann begann die Vorstellung. Sie klatschten in die Hände, als sie ihre Kinder als Katzen sahen. Robert hatte Tränen der Rührung in den Augen. Das man ihnen am Anfang ein kleines Programmheft in die Hand gab, realisierten sie nicht. Das ihre Kinder auch sangen und sich geschmeidig bewegen konnten, ließ sie stumm werden. So ergriffen waren sie. Rosie tätschelte Roberts Arm. Als die Vorstellung vorbei war, standen Robert und Rosi auf. Robert war etwas wackelig und er wurde gehalten.

Später kamen die Kinder und Enkel auf sie zu und gratulierten erst einmal zum Geburtstag.

Robert sagte mit Tränen in den Augen:

»Wow den schönsten Geburtstag habt ihr mir geschenkt. Ich danke euch dafür. Wie habt ihr das bloß alles gelernt. Euer Gesang war einzigartig. Ich bin sehr ergriffen.« Rosie stimmte ihm zu und war genauso begeistert.

»Ja Opa, wir haben uns alles mächtig angestrengt. Das war manchmal nicht einfach, neben dem Beruf zu Tanzen und zu singen. Wir hoffen, wir konnten euch einen schönen Tag bescheren. Man wird nicht alles Tage 80. Wir haben noch ein Geschenk für dich/euch. Die DVD mit unserer Tanzeinlage wird gerade fertiggestellt. Dann könnt ihr sie euch noch einmal anschauen.«

»Oh ja das habt ihr geschafft, mich so zu Überraschen. Niemals werden wir das vergessen.«

Die Feier ging noch weiter bei gutem Essen und ein Glas Wein. Zuhause reflektierten Robert und

Rosi noch einmal diesen Tag, der so unbeschreiblich für sie war.

»Hast du die tollen Kostüme gesehen Robert? Michael als Gus der Pirat war ihm auf dem Leib geschrieben. Das Manuel den behäbigen Old Deuteronomy spielt hätte ich mir denken können. Und Benni als Teufel Macavity kam auch gut an. Die Charaktere waren perfekt den Personen angeglichen. Ich muss Morgen fragen, wer das gemacht hat«

Robert hielt die DVD in seinen Händen.

»Ja du hast recht. Rosi Morgen schauen wir uns den Film noch einmal an.«

»Ja Robert das tun wir. Ich bin so stolz auf unsere Kinder. Ein schöneres Geschenk gibt es nicht.

Danksagung und Quellennachweis

Vielen Dank Herrn Uwe Pietsch vom Lapplandlager im Tierpark Sababurg für die freundliche Genehmigung. **https://www.tierpark-sababurg.de/erlebnisse/lapplandlager/**

Ich bedanke mich bei der Jochen Schweizer GmbH, dass ich mich bei ihrer Webpräsenz bedienen durfte. **https://www.jochen-schweizer.de**

Vereinzelte Information fand ich bei: **www.wikipedia.de**

Special thanks to Marie Michelle for the wonderful photography.

My thanks go to Tina LeCous and Mike Trombly for the kind permission to use their photo.

Vielen Dank an meinem lieben Ehemann Karl für seine immerwährende Unterstützung. So viele

Jahre arbeiten wir schon zusammen. Wir sind ein Spitzen-Team.

Weitere Bücher von mir finden Sie unter:
www.gatika.de oder im Onlinehandel.